不協和音

椿夜にな
TSUBAKIYA Nina

文芸社文庫

目次

第1話

一回、二回、三回、四回、五回、六回。

……いつまで鳴らしても無反応。

一回、二回、三回、四回、五回。

「現在電話に出られません。ピーッという音のあとに」

一回、二回、三回、四回。

「この電話は電波が届かないところにあるか……」

一回、二回、三回。

「はい、誰？」わたくし、メリーさん、今「あ？　何？　どちらさん？」あの、わたくしメリーさんです、いつも「は？　何？　間に合ってます」

一回、二回。

「Hello?」わたくし、メリーさん、今「Hello? Who's calling please?」

一回。

夫ですから！」

「はい、もしもし」わたくし、メリーさん。「私そんなんじゃないですから！　大丈

♪メリーさんの電話　電話　電話
メリーさんの電話〝0120-XXX-0783〟
♪どこでもやってくる　やってくる　やってくる
どこでもやってくる「悩みがあるなら電話してね！」

ＣＭにも使われているこのコールセンターのテーマ曲がヘッドセットから流れ、シフトの終わりを告げました。今日も昼休憩を挟みつつ、八時間電話を鳴らし続けてめぼしい収穫はなしです。今日は夜シフトの人数は足りているようなので、残業なしで帰宅できそうなのが救いです。

この仕事に就いて何年、何十年経ったのでしょう。気がつけば先輩と呼べる人はほとんどいなくなり、後輩や部下も入っては辞めていかれました。ご存じのとおり、コールセンターはどこも入れ替わりが激しいのです。さらに人の命がかかっているとなると、ストレス度は跳ね上がりますので、育てても育てても後継者が満足に育たない

まま辞めていきます。残った者たちの負担がさらに増え、さらに疲弊していくという悪循環にはまってしまっています。

　このセンターを作るのに尽力したお母様が今の状況を見たらなんて言うのでしょう。お祖母様の時代まで、メリーさんの電話と言えば、有名な怪談として知られていて、電話をしてくるたびにだんだんと近づいてくるメリーに最後は命を奪われるという説が定着していました。しかし、それは誤解です。わたくしたちメリーは、ずっと人間に寄り添おうとしてきたのです。精神的に落ち込んでいる人、特に自殺をしそうな人を察知して、助けようとしていたのです。電話を逆探知して、少しずつ相手に近づいていきます。けれども、救えなかったケースがほとんどでした。なんとか辿り着いた頃には、自分が間に合わなかったことを知るというのは、どれくらい絶望的なことでしょう。もちろん、自殺してしまったご本人様が一番おつらいでしょう。遺されたご家族やご友人の方々も、とてもおつらいでしょう。そして、わたくしたちメリーのご先祖様も皆、嘆き悲しんでいました。それなのに、世間の皆様がしたことはメリーが人を殺しているのだと面白おかしく尾ひれを付けて話を広げることでした。

　さらに追い打ちをかけたのは、公衆電話が減っていったことでした。わたくしたちは、一日の大半を電話ボックスで過ごしていました。けれども、ナンバーディスプレイの登場で、公衆電話からの電話を取ってくれないご家庭が増え、同時に携帯電話の普及により、電話ボックス自体が激減しました。

報われない状況におかれたうえ、居場所を追われて消えていくメリーが増える中、立ち上がったのがわたくしのお母様でした。最初は首都圏にコールセンターを立ち上げ、徐々に各地方へ支局を増やしていったのです。会社という形を取ることで、メリーたちの雇用だけではなく、アパートなどを丸々一棟借り上げて、行き場のないメリーたちの住居も確保しました。

今ではそのコールセンターの多くが二十四時間三六五日対応をしており、昼夜問わず電話をかけ続けております。自殺の確率は、時間帯や曜日によっても変わります。時間で言えば明け方、曜日で言えば月曜日。また、長期休みが終わった時にお子さんの自殺率が上がることは、ニュースでもよく取り上げられるようになりました。さらに、わたくしたちコールセンターもそうですが、世の中にはカレンダーどおりのお仕事ではない方々も大勢いらっしゃいます。そのような多種多様な方に連絡を取るには、二十四時間対応を行う必要がありました。

人間も同じようなコールセンターを各所に開設しているようですが、人手が足りずにかかってきた電話をすべて受けきることができないという問題があると伺いました。意を決して電話をかけてみたものの、繋がらずに絶望を深めてしまう相談者、受電していることに気付きながらも、そのコールを見送ることしかできない相談員。すでに対応中の電話を切って、別の電話を取ることはできませんから、わたくし自身似たような業務に携わる者として、相談員の皆様の心中お察しいたします。

人間のコールセンターとの何よりの違いが、先方が基本的に受電専門なのに対し、わたくしたちのコールセンターは架電がメインだということでしょうか。フリーダイヤルの番号を宣伝もしておりますが、こちらからかけることのほうがほとんどです。元々メリーは精神的に不安定な人間を察知することに長けております。お母様はコールセンターを作ると同時に、巨大なデータベースを立ち上げました。今まで各メリーが個人で持っていた情報を集約し、プロファイリングの技法を取り入れて、より正確に対象者を割り出せるようにしたのです。そして、後手に回るよりも、危険度が高い人にこちらから電話をすることにより自殺を予防しようというのが、わたくしたちのセンターの趣旨です。肝心なのはいかに情報を共有し、それをいかすことができるかなのです。ですので、社内では報連相を非常に重視しております。

携帯電話がさらに普及し、コールセンターの在り方を巡って紆余曲折ありましたが、結局コール部門と訪問部門とで分業することになりました。ここ数年、外国語を話す相談者も増えてきましたので、主要な外国語での対応を可能にするプロジェクトも進められているようです。

コール中に異常を察知した場合や、自分の手には負えないと感じた場合、パソコン画面に並んだボタンを押し、エスカレーションをするようにと決められています。一般的な内容であればコードE。さらに、コードGは自殺の恐れあり、コードAは他害の恐れあり、コードCマイナーは児童虐待の恐れあり。それを押すと、現場責任者であるスーパーバイザーの席でそれぞれのコードによって異なるアラームが鳴ります。責任者が内容を確認し、必要に応じて警察や児童相談所に通報を行うのです。また、コードFというのもあり、滅多にはないことですが、自分が直接知っている人が電話の先にいることがわかった場合には、こちらを押します。そして、別のメリーに引き継いだあと、その方の担当からは外れます。

わたくしも入社当初はコールから訪問までを一貫して担当していましたが、体制が変わった今ではコール部門に所属しながら、後輩の育成に務めております。わたくしがオペレーターとしてコール業務を行うのは、急な欠勤が出て人手が足りない時などです。とはいえ、慢性的に人が足りませんので、多い時には週の半分以上コール業務に就いています。訪問部門は各地方に分かれてはいますが、同じ地方とは言っても泊まりがけになることも多く、急な出張も多いことから、子育て世代のメリーが希望することはほとんどありません。センターの上層部は、今後カウンセラーの資格を持った人間に業務委託を行うことも視野に入れているようです。人間のコールセンターでも、相談員の成り手が年々減っていらっしゃるとのことですが、それはこちらも同じです。

そして、量も大事ですが、質も大事です。人手不足の中、少しでも各社員の負担を減らすためには、個々人のスキルアップも欠かせません。そのため、順番に様々な社内講習を受ける機会が設けられています。傾聴スキルを上げるセミナーだったり、各メリーの心を守るための専門知識だったり、できることはなんでもしようという方針のようです。

わたくしには娘が一人おります。

わたくしはお母様の反対を押し切り、人間と結婚しました。センターのスポンサーとなっている会社から出向で来ていた夫と恋に落ちてしまったのです。夫は仕事ができる人でした。まだ土台の固まっていないコールセンターの地盤をお母様と共に固めた一人が夫です。当時、わたくしより少し年上に見えた彼は、頼りがいのある大人に見えました。今思えば、人間と人外の恋だなんて禁断の恋に、必要以上に燃え上がってしまったのだと冷静に思えます。そうです、結ばれた当時は人間と人外の恋なんてあり得ないものでした。そんなカップルは、自分たちしかいないと思い込んでいました。しかし、数年後には法律が改正されたということは、恐らく同じようなカップルが大勢いたのでしょう。それでも、その時はまるでわたくしたちのために法律が変わってくれたように思え、改正法が施行されたその日の朝一番に婚姻届を出しました。その瞬間をニュースにしたいと取材カメラが来たのを覚えています。そして、二年と経たないうちに娘が生まれました。

妊娠が判明して近所の産婦人科を回りましたが、人外の出産なんて前例がないと断られ、ようやく受け入れてくれたのが人外治療で有名な大学病院でした。診察のたびに大勢のお医者様に囲まれ、出産の際もあまりの痛みによく覚えていませんが、分娩室には大勢の人がいたように思います。後々聞いたところによると、医師だけではなく、獣医師までいたとのことです。でも、そんなことはどうでもいいのです。娘を産んだ時は難産でした。それでも、自分の血を分けた子どもを無事にこの世に送り出したというのは感慨深いもので、何事にも代え難い経験でした。出産を経験すると女は変わると言いますが、あれだけの経験をするのですから、それは当然です。できることなら、男性にも経験してみてもらいたいものです。

夫とはもう何年まともに顔を合わせていないでしょう。娘はわたくしそっくりに育ち、だんだん姉妹に間違えられる回数が増えていきました。メリーは加齢が外見に表れにくい種族です。したがって、人間である夫とわたくしの見た目年齢はどんどん離れていきました。年相応に見える夫と、いつまで経っても出会った当時と見た目の変わらないわたくし。恐らくわたくしのほうがはるかに寿命が長いでしょうから、わたくしのほうは最初から夫を看取る覚悟はしておりました。でも、夫のほうは年を取らないままのわたくしに看取られる覚悟ができなかったようで、いつからか家に帰ってこなくなりました。

それでも、生活に必要なお金は口座に入れてくれますし、わたくし自身の稼ぎもありますので、娘と暮らしていくにはなんの不自由もありませんでした。

夫は仕事では頼りがいのある人でしたが、家のことはてんで駄目という昔ながらの男でした。少なくともわたくしの所属しているコールセンターにおいては、メリーも人間とほぼ同じ権利が認められており、待遇面でも遜色ありませんでした。多くの人外が人間から差別され、迫害されている中、それが幸運な例外であることは重々承知しておりましたので、娘にも是非センターに入って欲しいと願っていました。娘を出産し、その後復帰できたのも、人間と同じ産休育休が認められており、企業内託児所まで用意されていたからです。世の中には人間であってもその権利を行使することができず、保育園に入れないせいで退職を余儀なくされる方々も大勢いらっしゃると聞きますから、人外が産休育休を取れるというのは本当に例外中の例外です。こんなに恵まれた環境はほかにはないでしょう。夫は人間ですので、娘は半分人間の血が流れておりますが、これだけわたくしと外見もそっくりなのですから、メリーの能力も問題ないはずです。ですが、娘はメリーにだけはなりたくないと言い張ります。これまで夫が帰ってこなくなったあとも助け合って生きてきた娘ですが、これが反抗期というやつなのでしょうか。メリーは「なる」「ならない」というものではないのです。半分とはいえメリーとして生まれてきたのですから、娘もメリーなのです。ただ単に自覚が足りないだけです。

最近になってセンターに入ってきた若いメリーたちの考えていることもよくわかりません。服装もメリーらしくなく、なんだかはしたない恰好を平気でしていますし、喋り方も最近の人間の若者と変わりません。何人かはうちの娘と同じように片方の親が人間という例も増えてきましたが、まだまだ子どもっぽさが抜けない者がほとんどで、育成には苦労していました。わたくしたちが若かった頃、さらにはその前には人間の学校には行かず、自分の母親の姿を見て仕事を覚えたものでした。それが今のご時世、人間の血が半分でも流れているのならば、義務教育は終わらせないといけないとのことで、中学までは最低限通わせる必要があります。実際には、中学ばかりではなく、高校へ進学した者がほとんどで、人間と妖怪の結婚が合法化されて以降に生まれた第一世代はまだ高校を卒業しておりません。うちの娘もこの年代です。来年、再来年には数名が新卒として入所してくれることでしょう。

ですが、うちの娘は最近になって大学に進学したいと言い出しました。現在は中高一貫校に通っており、人間の学校事情に疎いわたくしは全く知りませんでしたが、どうやら受験に強い学校のようです。娘はその中でも成績は悪くないらしく、先生からも受験を勧められているようです。三者面談などには普段は帰ってこない夫が行ってくれるので、つい最近まで娘が大学受験を目指していることなど全く知りませんでした。この学校に決めたのは夫と娘です。もしかすると、初めから進学するつもりだったのかもしれません。

わたくしだけ蚊帳の外で話が進んでいく娘の進路でしたが、高校へは進まずに中学を卒業してすぐコールセンターに入ってきた子たちの子どもっぽさが抜けない様を見ていると、さらに学生を続けるとどうなってしまうのだろうと思います。学校という場所では何を教えているのでしょう。どのみちメリーのセンターに入りますし、そのうち結婚もするかもしれませんが、これ以上学校になんて行く必要ないでしょう。もしも男の子だったらメリーにはなれませんから、人間社会でも通用するような学歴や資格を得ることも必要でしょうが、わたくしが産んだのは娘ですから、大学進学なんて反対でした。中学と高校と大学と、一体どこが違うのでしょう。勉強するよりも、経験をたくさん積んだほうがいいと思うのですが、夫と娘はそう思わないようです。娘は電話が苦手だと言いますが、誰だって初めは緊張するものです。だからこそ、早いうちから慣れたほうがいいというのに。それに、今はウェブ部門もありますので、電話がどうしても嫌だったらそちらを志望することもできるし、出張が多くて心配ではありますが、家庭を持つ前の独身のうちに訪問部門を経験してみるのもいい経験になるでしょう。

昨日、トレーニングを担当している部下から、新人のコールを聞かされました。録音されているのは新人の中でも一番の問題児と見られている子です。娘と同じ年頃ですが、働きながら高認を取るだとかで主に夕方から夜のシフトに入り始めました。

ひとつ目の録音。

「へーい！　メリーさんですって言っても信じてもらえないだろうけど」

「何？　いたずら？」

「違うよー。メリーさんだよー。ほらー、ＣＭしてるの知らない？」

「マジ？　バリうけるー」

ここまで聞いた時点で、頭が痛くなってきました。マニュアルを完璧に無視した対応です。

「ねえ、暇な時でいいから、ちょっとメリーとの電話に付き合ってくんない？　ってか今もしかしてテレビ観てる？　この時間のは観とかなきゃヤバイよね」

「んー、観てるけど、いいよ。あとでネットで観れるし。どうせつまんないし。誰かと話できるなら」

電話相手は深刻そうな状態には感じられません。プロファイリングの手法を取り入れているからと言って、全てが事前にわかるという訳ではなく、対応したメリーがその後の応対の頻度を判断します。急を要しそうな方以外、最初の三回は二週間ずつの間隔を空けて電話をすると決められていますが、その後問題がなさそうと判断した相手は月に一度、二か月に一度、そして半年に一度と頻度を落としていきます。今の対象者の場合、わたくしだったらマニュアルどおりに三回の電話を終えたあと、頻度を落とす可能性が高いと、この時点で判断をしたでしょう。

しかし、新人メリーは一週間と空けずに電話をしていました。新人で持っている案件が多くはないとはいえ、そこまで暇ではないはずです。


「はろー！　メリーです。その後どうよ？」

「んー、ぼちぼちって感じかな」

「そっかそっか。最近何してたー？」

「別に……」

「そっか。メリーも別にって感じかな。今日なんか雨だから特にダルいよね」

「うん……ねえ」

「ん？　どした？」

「メリーちゃんって、ここまで来てくれるの？」

「うん、行けるよー。なんかあった？」

「なんかよくわかんないけど、消えたい。死にたいっていうよりマジ消えたい」

「そっかー。消えたいか。きゅーって襲ってくる感じ？」

「そうそう。なんかきゅーってなって、ぐわーってなって、そのまま消えれたらいいのにって感じ？」

「そっかー。最近、なんかおいしいもんって食べた？」

「別に……っていうかね、あのね、全部吐いちゃう。こんなことしたらダメなのに、でも吐かなきゃってなっちゃって、自分でも止められない」

「あらら。それはしんどいね」

「うん。ねえ、お願い、助けて。こんなこと誰にも言えない。メリーちゃんにしか言えないよ」


その後、涙声になった対象者と話を続け、翌日には訪問担当がお伺いする手はずを整え、電話を切りました。記録を見ると、この対象者はその後病院の受診へ繋がったと書いてあります。

徐々に距離を縮めていき、訪問担当のメリーに引き継ぐのが今の手順ですが、この新人メリーの記録を見ていると、特に同世代との電話は二～三回目の電話で訪問に引き継いでいることが多いのです。これは驚異的な速さです。ほかの録音も聞いてみました。そのほとんどがマニュアルを無視した流れでしたが、驚くべきことに、この新人が受け持つ案件は、病院や専門機関への引き継ぎ率も大変いいのです。正直、メリーにできることには限界があります。明らかに健康を害していると電話越しにでもわかる対象者も少なくありませんが、急を要すると判断できる場合はエスカレーションをしたうえで、センターの上層部が救急車を呼ぶなどの判断をします。それ以外のケースでは、どんなに言葉を尽くしても、ご本人様が病院へ行こうと思ってくれない限り、メリーのほうではそれ以上何もできないのです。

最初の録音を聞いた時は、この新人を呼び出して注意をしなければと思いましたが、それよりもなぜこの判断をしたのか聞いてみたほうがいいと思いました。しかし、面談をしてみても、「なんとなく」とか「勘」だとか、判断基準がよくわかりません。同世代同士ではないとわからない何かがあるのでしょうか。もう少し経過を見守る必要がありそうです。

ただ、この新人はマニュアルを無視した対応ではありますが、ある程度実践の場数を踏み始めているからこそ、このような対応ができるようになったはずです。人間よりも長い人生ですから、多少は遠回りするのもありなのかもしれないと少しは思うようにもなってきましたが、遅かれ早かれ社会に出ることになるのですから、できるだけ多くの経験を積んだほうが本人のためにもなるはずです。しかし、親の心子知らずと言いましょうか、娘にはなかなか理解してもらえません。夫は基本的に娘の味方をします。特にここ数年は娘とわたくしの意見が対立した際は、夫は必ず娘の味方をしていました。以前はあれだけ恋い焦がれたように思えた相手と、この世のどんなものより愛しいと思った相手だったのに、今ではあの二人が考えていることがよくわかりません。

先日久々に会った夫には、娘が心理学部を志望していること、そちらでカウンセラーの勉強をして、さらに臨床心理士のカウンセラーの資格を取得すれば、メリーの仕事に就く際にも大いに役立つことを説明されました。学費も夫が出すそうです。

夫とは見た目の年齢もですが、考え方もかけ離れていったように思います。それとも、最初から違っていたのでしょうか。恋は盲目と言うとおり、わたくしがちゃんと見えていなかっただけなのかもしれません。仕事では報連相をしつこいぐらい部下にも求めますが、今思えば夫とわたくしの間には報連相がまともに機能しておらず、考え方の違いに気付いた時にはもう遅かったように思います。到底埋められない溝が二人の間にはありました。好き合って一緒になった者同士であればなんでもわかり合えると思ったのは幻想でしょうか。今さら言っても詮ないことですが、最初から少しずつ話し合っていれば、そんな溝も乗り越えられたのでしょうか。好き合って結婚したはずの人たちがなぜ離婚するのか昔はさっぱり理解できませんでしたが、今となっては離婚もひとつの選択肢だと思うようになりました。これ以上一緒にいないほうがお互い幸せだろうと思ったという点だけは夫婦で一致していたのか、長期出張にかこつけて夫は帰ってこなくなりました。

あの日も急な欠勤をした部下の穴を埋めるため、オペレーター業務を担当していました。その時のターゲットは三十代女性。最近では電話を受けても「はい」と言うだけで名乗らない人が多い中、その奥さんは最初から苗字を名乗って電話に応えてくれました。少し特徴的な訛りを聞くうちに、デジャヴと言いますか、どこかで聞いたような喋り方な気がしてなりませんでした。慌てて画面に表示された相手先の住所に目をやると、予想通りやはりうちの近所でした。電話の向こうにいるのは、娘の同級生のお母さんだと確信しました。本来であれば、この時点で知人の電話を受けてしまったということでコードFを鳴らさなければなりません。わたくしは今では管理職の立場ではありますが、コール業務に就く際は役職に関係なく定められた統一の手順があるのです。しかし、その時のわたくしはマニュアルに従わず、そのまま彼女との会話を続けました。マニュアルどおりの初回トークを終え、またかけることを約束して電話を切りました。マニュアルを無視するなんて初めての経験で、早鐘のように心臓が鳴ります。

コールをかける際に、各メリーの前に設置されたパソコンには相手先の基本的な情報が表示されています。性別、年齢、住所。時には趣味、略歴、家族構成まで。個人情報にも厳しい昨今、コールセンター内には個人の携帯電話は持ち込み厳禁です。さらに、部屋の出入り口には金属探知機が設置されており、部屋内のペンや紙はこの探知機に反応するようになっているため、無断で持ち出せないようになっています。ですが、先ほどの電話の相手は、子ども同士が小学校で同じクラスで、出席番号が前後だったため、連絡網で電話をかけあうことがありました。わたくしの携帯電話にも家の電話にも、彼女の連絡先が残っているはずです。今ならまだ間に合います。あとから気づいたことにして、事後報告にはなりますがコードＦとしてエスカレーションすることもできます。そうするべきだと思う自分と、彼女をなんとかしてあげたいと思う自分が戦っていました。その日の帰り道、なんだか自分が自分ではないような気がしました。

人間とさほど変わらない容姿のわたくしですが、やはり人間ではないからか、参観日やPTAの集まりの際、周りの保護者からは明らかに避けられていました。小学校のそういった催しは平日の昼間に行われることも多く、出張が徐々に増え始めていた夫に出てもらうよりは、わたくしが半日の有給休暇を取得して出るほうが現実的でした。わたくしと同じように避けられている人がいて、それが今回の電話の相手だったお母さんでした。どうやら、彼女がほかの地方出身で特徴のある訛りがあること、そして若くして子どもを産んだために周りのお母さんと年齢が離れていたことが原因のようでしたが、人間よりも長生きのわたくしから見ると、たいした年齢差には見えませんでした。もしかするとほかに原因があったのかもしれませんが、人間同士だというのに些細な違いで上手く関係が築けないことが当時のわたくしには非常に不思議でした。

わたくし自身も誰にも話しかけられずに遠巻きに見られている中、普通に挨拶をして普通に会話をしてくれたのが、そのお母さんでした。そして、どちらからともなくPTAの集まりの際などには隣同士に座るようになっていました。その後、子どもが違う中学校へと進学したため、自然と会うことはなくなり、数年前にスーパーですれ違った際に会釈をしたのが最後です。友達とまでは言えませんが、なんとなく親近感を抱いていました。そんな彼女が今どのような状況に置かれているのかわかりませんが、ルール上はほかのメリーに案件を渡すべきとは頭ではわかっていても、自分がなんとかしてあげたいという気持ちが芽生えていました。

数日後、迷いながらも再び彼女に電話をかけました。その後も三回目、四回目と電話を続けるうちに、彼女の置かれた状況がだんだんわかってきました。苗字は子どもが小学校で同級だった頃から変わっていませんでしたが、再婚し、相手が彼女の苗字になったようです。さらにうちの娘と同級だった子の下に、弟と妹が生まれていました。初めのうちは優しかった相手ですが、ある日を境に彼女に暴力を振るうようになったとのことです。そのきっかけは、多額の借金が発覚したことでした。相手が彼女の苗字に変えたのは、借金から逃げようとしてのことだったそうですが、子どものためにも苗字を変えないほうがいいと言われた彼女は、それが相手の優しさだと思ってしまったそうです。電話の向こうで、いろいろ語りながら、彼女は自分を責め続けていました。

その後も定期的に電話を続けるうちに、彼女の呂律が回っていない時があることに気が付きました。さらに、お酒が手放せなくなっていることもわかりました。いわゆるキッチンドランカーです。初めは味見と称して調理中にお酒を飲むことで不安を紛らわせ、その量がだんだん増えていったようです。そうなると、アルコールが切れた際に不安になり、さらにお酒を飲んでしまうという悪循環にはまってしまい、最早自力ではアルコールをやめられないというのは、メリーとしての必要知識の一環で依存症についての講習を受けた際に学んでいました。ほかの方法もあったのかもしれませんが、精神的な余裕がなくなると、その方法が見えなくなってしまうのでしょう。わたくしたちのセンターは、こういう人を作る前に先手を打ってそれを防ぐために作られたはずなのに、どうしてこんな状況になるまで彼女に電話をかける者がいなかったのでしょう。お酒で不安が紛らわせても、それは所詮まやかしです。アルコールが切れればより大きな不安が襲ってくるらしいのに、一瞬でも安らげるのならばと飲んでしまうそうです。

わたくし自身はお酒が飲めない体質ですので、飲もうと思ったことはありませんが、お酒以外に彼女の気を紛らわすものはなかったのかと、今さら考えても仕方がないことを考えてしまいます。けれども、依存症は誰にでも起こり得ることらしいので、もしわたくしが飲める体質で、何かが少し違っていたら、わたくしもアルコール依存症になっていたかもしれません。たとえば、夫が何日も帰ってこなくなった夜の静まり返った居間。反抗期の娘から投げかけられた「ママみたいにはなりたくない」と言い放つ冷たい視線。あの時のどうしようもない孤独感を紛らわせることができる魔法があるのならば、わたくしもきっと手を出してしまうでしょう。それがあとから自分をもっと苦しめることになるなんて事実からは目を逸らして。

「メリーさんはいいわ。ちゃんと予告してから来てくれるんだもん。旦那はいつ帰ってくるのかわからないし。暴力と借金さえなければいい人なんだけどね」

それはいい人とは言わないでしょうという言葉が喉元まで出かかります。メリーの電話はカウンセラーと同じく、メリー自身の意見を言ってはいけないのです。ＤＶ夫がいつ帰ってくるかわからない生活。そのストレスが彼女をお酒へと走らせた一因であるのは明らかでした。

「昔、一番上の子の同級生のお母さんにメリーさんがいたの。今、どうしてるのかな。もしかして、あなたと同じコールセンターにいたりしてね」

「……きっと元気でやってますよ」

ドキッとしながら、そう答えるのが精いっぱいでした。

「あの人だけは仲間外れにしないでくれたんだー。嬉しかった」

「きっと、その人も嬉しかったと思いますよ」

「そうだといいな。また会えたらいいのに。友達になりたいな」

電話を終えると、離席のフラグを立てました。できるだけ表情を変えずにお手洗いへと向かうと、堪えていた涙が溢れ出しました。メリー失格です。

わたくしは偉大すぎるお母様の背中を追いかけつつも、淡々と生きてきたように思います。大恋愛こそしましたが、その後の結婚も法律違反ではなかった。いまだに人外と人間の恋愛は禁断の関係として、発覚すれば厳しく処罰される国もあるようですが、少なくともこの国では変わり者と見られることはあれども法的には問題ございません。娘にもルールに従うことを求めてきました。ルールはわたくしたちを守るためにあります。ルールを守れば、ルールがわたくしたちを守ってくれるのです。だけど、初めてルール違反を犯してしまったのは、突き上げるような思いに抗えなかったからです。なんとしてでも、彼女を救いたい。

その次のコールの日のことでした。いい加減、訪問へ引き継ぐべきかと、彼女にも幾度か訪問の話をしたのですが、電話のほうがいいと彼女が言い張るのをいいことに、訪問へ切り替えることなくここまできてしまいました。指定された時間から何度電話をかけても、出てくれません。彼女は今までの電話は全て時間どおりに受けてくれました。嫌な予感がしました。いても立ってもいられなくなり、無理矢理早退して、彼女の家へと向かいます。いつもの通勤バスよりも数個先へのバス停へと向かう道中、十年ほど前のコール担当と訪問担当が分かれる直前の頃を思い出します。よく考えればルールを破るのは二回目でした。あの時も、相談者の元へ訪問する際はアポを取ってから訪問すると決められているのに、それを破ってアポなしで駆けつけた結果、幼い息子との心中を試みた母親を、わたくしは救えませんでした。うちの娘と同じ年頃の息子のほうはなんとか救助できたものの、母親のほうは手遅れでした。ルールを破ったことで通常であれば始末書と再発防止策を提出することが求められますが、カウンセリングをしばらく受けるように求められただけで、始末書などを書いた覚えはありません。その時期は、目の前で溺れている人がいたら、自分の安全を確保したうえで救助に向かうのだなんて話を何度もされました。一緒に溺れてしまっては事態をより悪化させるだけだそうです。だから、わたくしたちは、溺れないための泳ぎ方を覚えなければなりません。今のわたくしはちゃんと泳げているのでしょうか。それとも気付かないうちに溺れ始めているのでしょうか。

情報の持ち出しは禁止されていますが、住所ぐらいだったら暗記できます。それが自分と馴染みのある地元の住所だったらなおさら。バスを降り、検索した地図を見ながら彼女の住むアパートへ辿り着くと、ドアの外まで男性の怒声と女性の押し殺しきれなかった泣き声が漏れ聞こえてきます。少なくともまだ最悪の事態にはなっていないようです。きっと怒鳴っているのが彼女の再婚相手で、泣いているのは彼女でしょう。近所の人もちらちらと窓やドアの隙間から様子を窺っているようですが、巻き込まれるのを恐れてかそれ以上のことはできないようです。警察も家庭内のことではなかなか動いてくれないと聞きます。もし自分が人間だったら、自分が殴られれば通報できるなんて考えてしまいますが、あいにく私は人間ではありません。多くの場合、通報をしても被害者が人外だとわかった途端、手の平を返されるケースがほとんどです。どうするか迷いながら見ていたところ、一人の老婦人が彼女の家のチャイムを鳴らしました。こんな状況でチャイムを鳴らすなんて、今からでも止めるべきかどうか迷いながら見守ります。

「おーい、回覧板だよー」

チャイムに応答しない彼女の家に、外から呼びかけます。その声に緊迫感はなく、室内の怒鳴り声が聞こえていないようにも見えました。お耳が遠いのでしょうか。

少しすると、ドアが乱暴に開かれて、老婦人を睨みながら出てきた男性はそのままどこかへと去っていきました。

老婦人はドアを少し開けて、中に向かって話しかけます。

「あんたも、ええ加減にしときんしゃいね。自分を盾に子どもだけは守ろうとしとるのはご立派。そんでも、そんな姿しょっちゅう見せられる子ぉらの気持ちにもなってみんしゃい」

中からは、もはや押し殺していない泣き声が聞こえてきます。老婦人は首を横に振りながら、去っていきました。

結局、何もできないまま、わたくしも帰ってきました。彼女とも顔を合わせないままです。わたくしには何ができるのでしょうか。お母様もこのように悩んだことはあるのでしょうか。ある日突然消えてしまったお母様と、もっと話をしておけばよかった。もっといろいろ教えて欲しかった。特にメリーの仕事を始めてからは背中を追いかけるばかりで、面と向かって話をした記憶はほぼありません。娘も同じようにわたくしの背中を追いかけてくれると以前は疑ったことすらありませんでしたが、それが実現しそうにないのは、わたくしが至らないせいでしょうか。

普段は考えないようにしているのに、一度考えだすと止まりません。

相談者の何がわかっていたのでしょう？

後輩たちの何がわかっていたのでしょう？
母の何がわかっていたのでしょう？
夫の何がわかっていたのでしょう？
娘の何がわかっていたのでしょう？

わたくしに人を救うなんてできるのでしょうか？
そもそも、誰かを救おうだなんて、おこがましいことなのではないでしょうか。
考えれば考えるほど、深みにはまっていきます。

仕事を辞めようかなんて、ふと考えてしまう瞬間があります。けれども、仕事を辞めたわたくしはどうやって生きていけばいいのでしょう。

メリーにとって電話をかけるというのは仕事ではなく、存在意義そのものだと思って生きてきました。電話を全くかけない生活は想像すらできません。

わたくしより少し下の世代のメリーたちは、人間と結婚して専業主婦になり、メリーの電話を全く経験したことがない者もおります。ですが、わたくしの世代ではそんな選択肢を考えたこともありませんでした。メリーに生まれたからには、電話をかけるのは当たり前で、それ以外の道があるなんて想像もできなかったのです。そして、娘たち世代の今の若い子たちは進路に悩む贅沢があります。その贅沢があるのは、当たり前ではないのです。今でこそコールセンターという形になりましたが、それ以前からメリーの電話をかけ続けてきたお祖母様、お母様たち先代たちが人間との共生という道を切り開いてくれました。そうして、少しずつ人間と同じような権利が認められていき、今では娘のように片親が人間という者は、法律上もほぼ人間です。

ママのようにはなりたくないと言われましたが、だったらわたくしはどう生きてくればよかったのでしょう？　わたくしは、なれるものならお母様のようになりたかった。だけど、わたくしにはお母様のような能力も才能もないというのは自分が一番わかっています。だから、別の道を探そうと結婚を選んだのかもしれません。結局、幸せにはなれませんでしたが。

わたくしにもメリーとしての矜持があります。人間に生まれたかったとは思いませんが、わたくしが産んだにもかかわらず、わたくしには与えられていない権利を享受できる娘。人外にとっていろいろと煩雑なことが多いこの社会で、それが羨ましく感じてしまうこともあります。

メリーも羊を数えたら眠れるでしょうか。最近は不眠気味です。暗い部屋の中、ベッドに横たわり、眠れないまままいろいろと考えてしまいます。

次回のコールでは、彼女にシェルターを勧めようと思います。

彼女がその提案を受け入れてくれるかどうかわかりませんが、このままわたくしがコールを担当していても、彼女を救うことはできない。自分の力不足を痛感しています。

同時に、娘の進学とそれに伴う一人暮らしも認めようと決めました。わたくしがお母様のようになれなかったように、娘もわたくしのようにはなれないのかもしれません。空の巣症候群という言葉があるそうですが、娘がいなくなってしまったあとのこの家は、きっとわたくし一人には広すぎることでしょう。いっそ消えてしまいたい。お母様もそう思って消えてしまったのでしょうか。だとしたら、娘も将来そう思うのでしょうか。娘とわかり合える日は来ないかもしれません。それでもやっぱり思うのです。幸せになって欲しい。だって、わたくしの娘ですから。

第2話

二十四時間働けますかなんて、昭和みたいな無茶は言わない。しかし、二十時間ぐらいなら働けるだろう。人間、三～四時間も寝れば生きていける。

だいたい、育児だの介護だの、個人的な事情で会社に迷惑をかける奴の気が知れない。妊娠だって自分がしたくてしているわけだから、それで配慮しろだなんて自分勝手すぎやしないだろうか。そもそも、産む性別と産まない性別が分かれているのだって、なんのためだか考えればすぐにわかる。男が外で働いて女が家庭と子供を守る。そうすれば、人工受精だとか代理母だとか、自然の摂理に逆らうようなことをする必要もない。育児だってミルクを買うなんて不経済なことをしなくても、母親が授乳すればいいじゃないか。保育園も足りないと言うが、他人に預けるだなんてかわいそうなことをしなくても、せめて小学校に行くまでは母親が面倒を見れば、全てが丸く収まるはずなのだ。

母親は苦労するものだろう、みんな苦労しているんだから自分だけ楽をしようだなんて甘えている。

母親がちゃんと家庭に入れば、少子化だってすぐに解消するはずだ。女は家庭で活躍すればよい。それぞれの性別に合った役割があるのだから。それが今流行りの多様性、ダイバーシティとかいうやつじゃないのか？　まあ中には女を捨てて、仕事を選んで男並みに結果を出している女もいる。俺の隣の課のオールドミスなんかがいい例だ。そういう奴らは、仕事に関しては認めてやらないでもない。

しかし、せっかく男がたとえ望んでも手に入れられない女の幸せを手に入れられる立場にいるのに、どうしてそれを自ら捨てるような道を選ぶのか。俺には理解できない。俺だって気楽な専業主婦やパート程度で済むのなら、どれだけ楽か。けれども、男はそうはいかない。家族を養う大黒柱としての責任がある。男はつらいのだ。

そもそも、女の地位が今より低かった昔はともかく、レディースデーだとか、女性専用車両だとか、男尊女卑どころか女尊男卑ではないだろうか。こんな世の中で女性の地位が低いだとか、何を言っているんだか。電車だって、痴漢に仕立てあげられないために、自衛しながら乗らなきゃならない。それを言うなら、家庭内における亭主の地位の低さや、痴漢の冤罪を問題にして欲しいものだ。家庭ではまるでＡＴＭのような扱いをしてきやがるし、街を歩けば犯罪者予備軍のような扱いをしてきやがる。

俺は仕事を何よりも優先してずっと生きてきた。ワークライフバランスだなんて甘ったるいことを言う奴らが増えてきたが、ワークがあればライフだって上手くいくはずだ。そのために働くんだろう。最近になって、上からも残業するなだとか、有給を消化しろだとか、昔だったら有り得ないような要求をされるが、そんなものに従っていたら、今までと同じ結果が出せるわけがない。他人よりもいい結果を出すには、他人よりも長い時間かけるしかないのだ。

モーレツサラリーマンがたくさんいたバブルの頃が懐かしい。あの頃は活気があった。やる気のある奴らほど、昼夜問わず働いていた。まさに二十四時間働けますかだった。競争は激しかったが、歯を食いしばって耐えれば、未来は明るいと信じて疑わなかった。それが今では、効率化だとか無茶な要求ばかりされ、長時間労働は要領が悪い無能な者がやることだと言われる。

時間は貴重だ。タイムイズマネーはけだし名言だ。俺は自分の時間を、自分の人生を会社に売り、妻子を養ってきた。会社は俺の時間を買ってくれているのではなかったのか？

今日の午前中は異文化理解トレーニングとかいう訳のわからんトレーニングに出席

させられた。年々増えてきた無駄な時間。最近何かにつけて、コンプライアンスだの倫理だのうるさい。月に一度程度、そういった内容の研修を強制的に受けさせられた。そんなことをいちいち言わなくても、多少のグレーゾーンはどこにでもある。清濁併せ呑むことができなくて、サラリーマンができるかってんだ。温室育ちの社長、清濁の奇麗な部分しか知らないんだろう。現場ではこんな奇麗ごとばかりではやっていけないのだ。だいたい、トレーニングでも聞いているだけならまだいい。毎回のように、小っ恥ずかしいロールプレイングとやらをやらされるのが嫌だった。

「あなたの好きな食べ物はなんですか？　どこが好きですか？」

こしあん、ウィンナー、オリーブオイル、生クリーム、すいか、寿司、いちご、ステーキ。いろいろな声があがるが、俺は特にない。出されたものは文句を言わずに食べるのが礼儀だ。強いて言うなら毎日食べているそばか。

「続いて、あなたの嫌いな食べ物、苦手な食べ物はなんですか？　どこが苦手ですか？」

玉ねぎ、ピーマン、納豆、パクチー、牡蠣、トマト、なまこ、レバー。またしてもいろいろな声があがるが、特にない。大の大人が好き嫌いを言うなんてみっともない。

「では、あなたの嫌いな食べ物のいいところはなんですか？」

「特になし」もしくは「考え中です」で全てをやり過ごす。外部から派遣されてきた講師は、「じっくり考えるタイプの方なんですね。間違いはないので、なんでも思いついたら仰ってくださいね」と、笑顔を崩さない。「今日はいろんな価値観の人がいるということを実感してもらう日です」だなんて言っているけれど、そんなの百も承知だ。

俺の価値観はタイムイズマネーだ。多様性を認めるって言うんなら、俺のことも認めてくれたっていいじゃないか。なのに、ワークライフバランスとか言い出すから、俺は実力を発揮できない。

午前中を潰され、午後からの仕事が山積みだ。今日も残業だろう。二十一時には消灯されてしまうから、それより遅く残る時はタイムカードを切ってから残っている。それに関しても、社長や部長がごちゃごちゃうるさいが、俺もすでに管理職になったのだから、残業代はもう関係ないはずだ。

いつものとおり、職場近くの立ち食いそば屋に入る。昔は天ぷらそばセットを毎日のように食べていたが、最近は職場の健康診断でもコレステロールだの血糖値だのうるさく言われ、わかめそばやきつねそばで我慢していた。大嫌いなトレーニングを乗り切った今日ぐらいはいいだろうと、天ぷらそばとミニかつ丼セットを食べる。腹が減っては戦ができぬ。レジのおばちゃんの「今日は豪華だねぇ」というひと声に少し気持ちが上を向く。

食事をかき込み、駅前の喫煙所に向かう。数年前から職場が全面禁煙になり、社内からは喫煙所ですら廃止された。喫煙者のほうが多くの税金を納めているというのに、この扱いはなんなのだ。喫煙所でのコミュニケーションが次に繋がることだって多いのに。

一服すると、ようやくいつもどおりの調子が戻ってきたような感じがした。駅前から会社までは徒歩五分、信号が変わるのを待つ。

「どうぞ」

突然見知らぬ女に何かを渡され、思わず受け取ってしまう。なんだこれは？　俺の腕の中にあったのは、いや、いたのは赤ん坊だった。

「おい！」

顔を上げるが、先ほどの女は見当たらない。慌てて周囲を見渡すも、青になったスクランブル交差点を慌ただしく行き交う人の中から探し出すことはできなかった。

んぎゃーーー!!

突然俺の胸元から耳をつんざくような大音量が発せられた。一瞬遅れて、泣き声であることを理解する。何があったかわからないが、断じて俺の子ではない。そりゃあ、家族には言えない男の付き合いも過去にはないことはなかったが、少なくともここ数年はそんな心当たりもない。

途方に暮れながらも、駅前の交番に駆け込む。

「どうしました?」

「あー、突然知らない女に赤ん坊を渡されて。それでその、保護して欲しいのだが」

「あら、かわいい赤ちゃんじゃないの。お父さん駄目だよー。自分の子は自分で面倒見なきゃ。お母さんだけじゃなくて、お父さんも親なのよー」

その後いくら説明しても話が通じず、とりあえず会社に電話をすると言って交番を出た。昨今、普通に小学生に話しかけただけでも、やれ不審者だ、やれ誘拐だとうるさいご時世なのに、どうして見知らぬ赤ん坊を抱えた俺を放っておくのだ。もういっそ通報してくれれば事情を説明できるのに。

昼休みを少し過ぎた会社に電話をすると、出たのは事務の女の子だった。

「かちょー、今日は午後からカンガルー出社でしたよね?　あら、元気な泣き声。無事にお子さんと会えたんですね。泣きやまない時は空いてる会議室であやしてもらっていいんで、とりあえず戻ってきてもらえます？　決裁印押してもらわなきゃなんで」

相変わらず気が抜けた喋り方をする。そんな喋り方で男にモテると勘違いしているんだろうか。そもそもカンガルー出社ってなんだ？　訳がわからないが、とりあえず帰社する。会社へ向かって歩くが、昼間のオフィス街で赤ん坊を抱いているスーツ姿の男に向けられる視線はどこまでも厳しい。やっとの思いで会社の建物に着くが、エレベーターホールでも周りの視線が突き刺さる。俺も逆の立場だったら同じ顔をしていただろう。サイレンのように泣く赤ん坊と数十秒、数分とはいえ、密室に閉じ込められたくはない気持ちはわかる。わかる、が、しかしエレベーターは公共のものじゃないのか？

周りの視線に挫け、仕方なく五階にある自分のオフィスまで階段を上がることにした。その間も赤ん坊はとにかく泣きやまない。何キロあるのか知らないが、見た目以上に重たい。しかも、腕の中で暴れ続ける。途中で休憩を挟みつつ五階まで上り切った頃には、汗だくになっていた。

「なあ、ちょっとこの赤ん坊を預かってくれないか」

「えっ、赤ちゃんとか私抱っこしたことないんで無理ですよぉ。大事なよそ様のお子さんに何かあったら責任取れないですも～ん」

先ほど電話に出た事務の女の子に赤ん坊を押しつけようとするが、歌うように喋りながら甘ったるい香りだけ残して逃げられる。いつも化粧や髪を気にしているようだが、男は別にそんなの見ていないんだ。だいたい、女の癖に赤ん坊の面倒を見ることすらできないのか。そんなんだから三十歳近くなっても結婚できないんだ。いや、そもそも俺にとってもよそ様の子なはずなんだが。

赤ん坊を押しつけられることを警戒してか、遠くから叫ばれる。

「かちょー、第二会議室空いてるんで待っててもらえます？　今、係長が書類持ってるんで、準備出来次第お持ちします。あー、でも赤ちゃんいたらソファーとかあるほうがいいですかね。やっぱ応接室でお願いします」

そうだよな。これだけうるさいんだから、隔離したくもなるよな。俺だって逃げたい。

言われたとおり、応接室へ向かう。しばらく経っても相変わらず泣き続ける。赤ん坊を突然渡されて二時間近く、ようやくうとうとし始めた赤ん坊をそーっとソファーに置く。と、途端にまたけたたましく泣き始めた。やっと寝たと思ったのに。

「失礼します」

途方に暮れていたところ、部下の係長が入ってきた。

「水入らずのところお邪魔して申し訳ないんですが、こちらの書類にはんこをお願いします。抱っこしたままだと捺しにくいでしょうから、その間、自分が抱っこさせてもらってもいいですか？」

もう、この際誰でもいいから代わってくれるのなら喜んで！

「おいでー。はじめましてー。お名前はなんですか？」

「さあ？」

自分の子ではないと伝える気力もなく、ソファーに座り込む。

「さー？　さーくんですね。いつもお世話になってます。よろしくねー」

律儀に赤ん坊に挨拶したところで、通じる訳もないのに。

「五か月でしたっけ？　懐かしいな。うちの子がこれぐらいの時も人見知りが激しくて。自分、不思議と赤ちゃんに人見知りされないんですけど、初めてされたのが自分の子でパニくったなぁ。おー、よしよし。あーい、あーい」

大の男が顔をデレデレさせて赤ん坊をあやすだなんてみっともないと思ったが、赤ん坊はようやく泣きやんだ。なよなよとした男らしくない奴だと思っていたが、こういう時はやるじゃないか。そういえばこいつは今の部署に来る前に育休を取っていたはずだ。男の癖に育休なんてと思った記憶があるが、おかげでやっと泣き声から解放された。

「ん～、コツですか？　慣れですかね？　その子によっても違いますし、常にトライ アンド エラーって感じですけど、課長もすぐ慣れますって」

　恥を忍んで泣きやませる手順を聞いたと言うのに、そんなファジーなことを言われても困る。

「決まった手順って言われてもねぇ。これやっちゃダメってのだけ押さえてれば、あとは試行錯誤ですね。あ！　たとえば彼女とキスとかラブいことする時もどういうのが好きかって、相手によってそれぞれじゃないですか。同じ相手でもその日の気分とか体調とかでも変わるし。昨日ＯＫだったことが今日もＯＫとは限らないし。赤ちゃんも一緒で、表情とか反応とか見ながらこれが気持ちいいのかなとか、今日はこっちのほうがいいのかなとか。って、えっちぃ意味じゃないですよ！　別にセクハラ発言してるつもりはないっすからね！　あくまで例えですよ、たーとーえ。まあ、でも相手を大事にしたい、心地よくしたいスキンシップって意味では根本は同じだと僕は思いますけどね。なー？　さー君もそうだよなー？　んー？　お返事してくれたのー？」

　ラブいだのえっちぃとはなんだ。相変わらず気持ち悪い喋り方をしながらも、赤ん坊を抱いたまま器用に体を揺らし続けている部下。

「課長、今日仕事進んでないでしょう？　自分、あとは今日の報告書を少し仕上げるだけなんで、三十分ぐらいならこのまま見ておきますよ」

途端に、心の中で散々こき下ろした部下が輝いて見えた。

結局ろくに仕事にならず、定時よりも早く帰らされる。

有給休暇なんて冠婚葬祭以外で使ったことなかったのに、「赤ちゃんと僕に免じて」と時間休を取ることを部長に強要された。我が社では有給休暇が一時間単位で取れることなど今まで知らなかった。

夕方になると電車が混んで、赤ん坊と一緒に乗るのは大変になるという子持ちの部下達の意見も大きかった。赤ん坊は電車代はいらないんだっけか。幸い、部下に寝かしつけてもらってからは、最初の大泣きが嘘のようにおとなしく眠り続けている。ずっとこの状態なら、少しはかわいいと思えるのだが。とてもじゃないが、ずっと面倒を見ることなんてできない。もっと大きな警察署へ行くか、それとも赤ちゃんポストにでも入れに行こうか。

自宅の最寄り駅まで着いた時に、ふと思い出す。しまった！　今日から女房は実家に帰っていることを失念していた。義父の手術と娘の出産が重なったため、手伝いに行ったのだ。俺のメシはどうするのだと反対したが、作り置きをできるだけ作って冷蔵庫をいっぱいにして行くから、必要であれば娘夫婦の負担で配食サービスを頼むからと言われ、何より娘が切迫流産とやらで出産間際までほぼ寝たきりになるからどうしてもと言われると、さすがに反対できなかった。

娘は女房の実家近くの専門学校へ行き、そのままあちらで結婚していた。最初から今回の出産は里帰りせず、あちらでと言っていたが、なんとも間の悪い。女房がいれば娘が昔使っていた道具があるだろうし、何より女房は子育ての経験者だ。だが待てよ、先日久しぶりに夕食を共にした時に、近所の子ども用品店に行く話をしていたように思う。孫のためにいろいろ買ってやりたいという相談だったから、家計に響かない程度であれば自由にしなさいと許してやった。その店に行けば、必要な物が買えるはずだ。少し遠回りになるが、バイパス沿いにあったはずのその店へと向かう。

店に入り、中年の店員に話しかける。

「あー、すまないが、親戚の赤ん坊の面倒を急遽見ることになってしまって。とりあえずひと晩面倒を見るのに必要な物を教えて欲しい」

「あら、その子ですか？　誰かほかにお家にいらっしゃいますか？」

「いや、家内もちょっと病院に詰めていて」

「あらまあ、ご親戚の方、事故にでも遭われたんですか？　お気の毒に」

「まあそんなところだ」

店員が都合よく勘違いしてくれたようなので、それに便乗する。

「お子さん、何か月ぐらいですかね？」

「あー、わからん」

「あらまあ、困りましたね。お座りはできますかね？　歯はもう生えてます？」

矢継ぎ早に質問されるが、何も答えられない。

ちょっと抱っこさせてくださいね、と赤ん坊を抱き取り、口の中やら、足の裏やら、いろいろ確認し始めた。

「歯は生えてないかな？　じゃあ、ミルクだけでいいですかね。アレルギーとかわかります？　わかんないなら、離乳食はやめときましょうね。お座りはもうできるかな？　おぉ、つよいつよーい」

店員のおかげで寝返りが打てること、もうちょっとすると少しずつ座れるようになる頃であることなどがわかった。そうか、赤ん坊は自力で寝返りが打てないのか。思えば娘の時は忙しさにかまけて、女房に任せきりだった。いつ座れるようになったのか、歩けるようになったのかわからない。気がつけば娘はいつの間にか大きくなり、嫁に行った。近々孫も生まれる。父親になったという実感もなかなか持てなかったが、そうなると俺もおじいちゃんか。全く実感が湧かない。

ぼんやりとしている横で、次々と買い物カゴに放り込まれていく物品。ミルク、着替え、おむつ、おしりふき。……ひょっとして、おむつも俺が替えなければいけないのか？　そこで、昼間からミルクもおむつも何も対処していないことに気付く。しかし、何をどうやればいいのか。先ほども恥を忍んで部下にいろいろ質問したが、ここでも店員に訊くしかない。

店員は丁寧に実演しながら教えてくれた。おむつの替え方、お尻の拭き方、ミルクのあげ方、ゲップのさせ方。少し前までは粉ミルクしか買えなかったらしいが、今は液体ミルクというものが買えるようになったということだった。なんでも粉ミルクは準備が面倒くさいらしく、割高にはなるが液体ミルクを勧められた。普段から面倒を見ている母親なら母乳を与えればいいが、ここは利便性も考えて液体ミルクを購入する。そして、不慣れな状態で風呂に入れるのは危険ということで、とりあえず今日明日は固く絞ったガーゼで拭けばよいことも教えてくれた。

大量の荷物と赤ん坊を抱えて家にたどり着く。ひと息つく間もなく、再び泣き出した。

次の作業に進もうと思っても、家にあるはずの物もどこに何があるのかわからない。いつも女房か娘に頼んでいたのを思い出す。一体どこにしまってあったんだろう。そして、多種多様の物がどこに何があるか、ラベルもないのになぜ覚えているんだ。

女房が作り置きしてくれた料理が冷蔵庫に入っているようだが、片手で抱っこしたまま食事をするような器用な真似はできない。汗だくになったからシャワーでも浴びようかと思い立つが、泣いたままの赤ん坊を抱えてどうやって浴びればよいのか途方に暮れる。結局、赤ん坊にミルクをやる傍らで、自分はその辺のスナック菓子を口に放り込んで空腹をごまかした。ひと晩ぐらいならそれでもいいが、これがしばらく続くとなると、対策を考えなければならない。

いつもならゆっくり風呂にでも浸かったあとに、一杯やっている時間だが、今日はとてもそんな余裕はない。ソファーに座って赤ん坊をあやしながら、強烈な睡魔に襲われる。

結局、何時間、いや、何分間連続して眠れただろう。疲れた俺が眠り始めた瞬間、嫌がらせかと思うぐらいのタイミングで泣く赤ん坊。そうか、これが夜泣きというやつか。おむつなのか、ミルクなのか。どちらかで泣き止む時はまだいい。どちらも大丈夫そうなのに、泣き続けるとこちらまで泣きたくなる。店員は四時間に一度程度ミルクを与えればいいと言っていたが、まさか夜中も四時間に一回なのだろうか。ろくに眠れないままで頭がぼーっとする。窓の外は白み始めている。

……しまった！　夜明け頃、気絶するように寝入ってしまい、時計は完全に遅刻決定な時間を指している。今ならまだぎりぎり始業前だ。朝礼が始まる前に連絡を入れなければ。


「部長、申し訳ないのですが、少し遅れそうです」

「大丈夫？　声に元気がないですよ？　なんなら今日は一日有給取ってもらっても」

「いや、這ってでも行きます！」

「うーん、這ってくるとか、そういうの求めてないから。もっと自分の身体を大事にしましょうよ」

「しかし、俺がいないと仕事が」

「こちらは一日や二日なんとかするから、大丈夫大丈夫。赤ちゃんいると大変でしょう？　だいたい、あなた有給余りまくってるんだから、こういう時ぐらい少しは消化しましょう。仕事は代わってあげられるけど、家族のことは代わってあげられないからさ。せっかくだから今日休みましょう」

一応、直属の上司にあたる部長にそうまで言われて、休まないわけにいかなかった。そして、入社以来、無遅刻無欠勤だった俺の記録はここで途絶えた。無念。有給は欠勤じゃないとか言う奴もいるが、冠婚葬祭のような正当な理由もなく会社にいないんだから欠勤と同じだろう。


しかし、気持ちを切り替えよう。やるべきことをやるのだ。ミルクの減りが思った以上に早い。おむつももう一パックはあったほうが安心だ。昨夜はおむつ替えが上手くいかず、結局一度のおむつ替えで一〜二枚は余計に無駄にしてしまった。善後策を練るためにも、昨日の店にもう一度行ってみることにした。いろいろと教えてくれた店員は見当たらなかったが、必要なものがわかっているので、さほど手間取らずに買い物を済ませることができた。

帰りに保育園が目に入る。そうか、この赤ん坊を保育園に預けられないのだろうか。

「すみません。急な事情で預かっている親戚の子をこちらに預けたいのですが」

結局、自分の子ではないことから、公立の保育園で預かることはできないと言われたが、民間の一時預かりを行っている場所が近所にもいくつかあると有益な情報を得ることができた。

　帰宅して教えてもらったとおり、ネットで民間の保育園を探す。そうだ！　昨日も頭をよぎったが、赤ちゃんポストにでも放り込めばいいではないか。そもそも俺が面倒を見る義理はないはずだ。いつかニュースで見た時は、母親のくせに赤ん坊を捨てるなんて酷い女もいるもんだと思ったが、もしかしたら訳ありの赤ん坊もいたのかもしれない。きっと人にはいろいろな事情があるのだ。そう思いながら、赤ちゃんポストを調べるが、ここから新幹線を乗り継ぐか飛行機に乗らないと辿り着けない距離にしかないことがわかった。会社からここまで帰ってくるにも大変だったのに、飛行機や新幹線に赤ん坊なんてどうやって乗せればいいのか、皆目見当つかない。飛行機の中でぎゃーぎゃーと泣きやまない赤ん坊を抱えた俺に、周囲の冷たい視線が突き刺さる光景が目に浮かぶ。どうやって赤ん坊のチケットを買うのか、何を準備すればいいのか、何もわからない。宅配便ででも送ってしまいたいところだが、赤ん坊を荷物として送るのは問題があるとさすがに俺でもわかる。

　結局、まずは明日出社することを考えねばと、託児所探しを再開する。会社近くの託児所は軒並み満員で、明朝預けられるのは二箇所。一箇所は自宅に近いが、預けられるのは八時半から。もう一箇所は七時半からだが会社へ行くのとは逆方向で、どちらを選んでも始業には間に合わない。再度会社に電話をすると、あっさりと三十分遅く出社すればいいと提案され、問題は解決した。時短勤務だと言って遅く来たり早く帰ったりする奴らを見ると、社会人なのだから、もう三十分や一時間ぐらいなんとか都合をつけてちゃんと働けよと思ってきたが、三十分の違いがこんなに大きいとは思わなかった。

赤ん坊を託児所に預ける際、保母さんに渡すとぎゃーぎゃーと泣かれ、なぜか罪悪感が芽生えたが、それ以上にやっと赤ん坊から解放されるという安堵感のほうがはるかに大きかった。しかし、夕方にはまた迎えにいかねばならない。気が重い。けれども、夕方まで預けられるならまだマシだ。熱を出したり、体調不良の兆候があったりすると、昼間でも呼び出されてしまうらしい。俺は仕事があるからそれは無理だと言ったが、皆さんそれは同じですと言われてしまい、同意書にサインをしないと預けられなかった。頼むから、途中で体調を崩したりしないでくれと祈るような気持ちで出社する。

「あ！　おかえりなさい。お菓子食べます？」
「わーい、ありがとう。そういや、お父さんの調子どう？」
「おかげさまで、だいぶ落ち着きました。その節はいろいろありがとうございました」

「そっか、よかった。何かあったらなんでも相談してね。一緒に一番いい方法考えようね！」

「あー、お早いお帰りですね。先日一緒に頼んだやつ昨日届いたんで、冷蔵庫に入ってますよ」

「やったー。あれ、たまに無性に食べたくなっちゃって」

「ひと足先にいただきました。うちの子も気に入っちゃって。また便乗しちゃっていいですか」

「うん！　是非是非！　また頼もうねー！」

　朝から疲れ果てて出社し、昨日までに溜まった仕事を少しでも片付けようと格闘していると、緊張感の欠片もない声がだんだんこちらへと近づいてくる。

「やっほー。困ってる人がいるっていうから、早めに帰ってきちゃったー」

「社長、やっほーは古いです。さすがに自分らも言いませんよ」

　部長が答える。

　そう、これが我が社の現在の社長だ。俺はこの社長が苦手だった。考え方が違いすぎて、喋っていると宇宙人とでも話している気になってくる。何やら十代の頃から留学していたらしく、外国かぶれなせいか常識が通用しない。

創業者一族の一人として入社してきた当時は、留学なんて金持ち同士のお見合いの釣書に箔をつけるためのもので、どうせお飾り的な仕事を数年したら寿退社でもするか、名ばかりの役員か何かいいご身分にでも収まるのだろうと高をくくっていたが、先代社長が急逝すると事態は一変した。現社長から見ると叔父と兄にあたる二人、先代社長の弟と長男が後継者の座を巡って争う中、女にしか使えない汚い手を使ったのか、どうみても小娘にしか見えないこいつが社長の座についた。その時も初めはきっと誰かの操り人形なのだろうと思ったが、小娘社長がごっこあそびよろしく会社の中をひっかきまわし、社内改革が始まった。訳のわからない様々なトレーニングが始まったのも、ワークライフバランスとか言い始めたのもこの頃で、俺が入社したはずの会社とは全く違う会社になってしまった。昔のようにがむしゃらに働こうと思って入社してくる気概のある奴らももういなくなった。ここ数年は売り上げも伸びているらしいが、それはきっと運がよかっただけで、このまま軟弱な奴らばかりの会社になってしまったら、不況などの際に乗り切れないのではなかろうかと懸念している。

社長と部長と俺の三人で会議室に入る。部長は社長派として知られていて、俺と一歳しか違わないのに早々に部長として引き立てられた。

「で、どういう状況か教えてくれますか？」

急遽親戚の子の面倒を見ることになってしまった、家内は実家の看病などの都合で帰れないこと。親戚の子というのはもちろん嘘だが、一昨日からその説明を繰り返してきたせいか、自分でもそれが本当だという気がしてくる。

「じゃあ、私からの提案なんですが、引継ぎをしてもらったあと、来週アタマから何週間か有給取りませんか？　時短でもいいけど。有給たんまり余ってるんでしょ？」

「はい？　しかし、仕事が」

「うーん。仕事を大事に考えていただくのはありがたいな。でもね、うちの会社は困ってる社員の一人や二人サポートできないぐらい弱い会社じゃないですよ。いつもはみんなの大事な時間をうちで使ってもらってるけど、全ての時間をうちにちょうだいって言うほど欲張りな会社でもない。余裕がある人がそうじゃない人をカバーすればいい。自分に余裕ができた時に、今度は誰か困ってる人をカバーすればいいじゃない。困ってる時はお互い様って言うでしょ。えーと、日本語で『Pay it forward』ってなんだっけ？『風が吹けば桶屋が儲かる？』」

「『社長、それを言うなら『情けは人のためならず』です」」

そりの合わない部長だが、思わず異口同音に返してしまう。しかし、だいぶ変わり者の若い社長だが、皆が慕っている理由がほんの少しだがわかった気がした。

話し合いの結果、これから金曜日にかけて引継ぎを行い、来週から二週間は有給を取ることになった。育休は、保険の手続きなどもあり、自分が養育している子供じゃないと難しいということだ。

金曜日、今日中に引継ぎを終わらせねばならないのに預け先が見つからず、またカンガルー出社をする羽目になった。係長に借りた抱っこ紐で赤ん坊をぶら下げ、必要な書類を整理していく。だいぶ慣れてはきたが、赤ん坊に気を取られながらの作業は集中できず、何度も同じ箇所を確認してしまう。一時間、いや三十分でいいから赤ん坊から離れて集中して作業ができれば。赤ん坊連れとなると外食もままならない。立ち食いそばだなんて論外だ。コンビニにでも買いにいこうかと朝から考えていると、部下が自分の分と一緒に何か片手でも食べやすい物を買ってこようかと尋ねてくれたので、ありがたくお願いする。

昼食を食べ終え、午後からの準備をしていると、隣の課のオールドミスがやって来た。こいつは俺と数年しか違わないのに、女だてらに課長をやっている。そして、俺が一目置いている数少ない女だ。こいつは男並みに仕事ができる。

「よかったら、抱っこさせてもらってもいいですか？」

子供好きだったのは意外だ。

「意外って顔に出てますよ。この年で独身だとしょっちゅうそういうこと言われるんですよ。ふふ、実は私、いろいろあって子どもが産めない身体なんですよね。それで婚約者ともさよならすることになっちゃって。あ、でも今は幸せですよ。身体も病気する前より元気なぐらいだし、仕事も認めてもらってやりがいもあって、たまにこうしてかわいいお子さんを抱っこできて。部下のお子さんもみんなかわいいですしね。たまに会ってかわいがる、いいとこ取りの親戚のおばちゃんみたいな気持ちですよー」

そんな過去があったなんて知らなかった。売れ残ったのか、はたまた男嫌いなのか、子供嫌いなのか、仕事が好きなのかで独身貴族を気取っているとばかり思っていた。

「今は、病欠も長期休業も認められるようになりましたけど、私がいろいろあった時はそういうのもあまりなくて。当時入社したての社長と、今の部長が先代の経営陣と戦ってくれたんですよ。それがなかったら、私は今頃どこでどうなってたでしょうね」

そのまま世間話を少し続ける。今まで無駄話だと思って、世間話なんてろくにしたことがなかったけれど、この時は不思議と無駄話だと思わなかった。

「私達が入社した頃とは時代が変わりましたけど、私達がした嫌な思いは下の世代にさせちゃいけないと思うんです」

みんなが通ってきた道なのだから、同じ苦労をするのが当たり前だと思っていたが、彼女のその言葉でそうではない道もあるのかもしれないと初めて思った。お子さんお借りしますねと言いながら、一時間弱だが散歩に連れ出してくれたので、その間に猛烈な勢いで仕事を片付ける。本当に時間は貴重だ。

それからの二週間はあっという間に過ぎていった。昼夜問わず赤ちゃんの世話をして、合間に自分の食事など最低限のことを済ませているだけなのに。特に雨の日などは出かけるのが億劫になり、気がつけば三日間家から一歩も出ずに過ごしていた。こんなに長く閉じこもったのは初めてだ。音を消して寝る時以外はずっと流しているテレビの中に映る世界が、とても遠い世界のように感じる。試しに子ども向け番組もつけてみたが、さーくんにはまだ早すぎるのか、あまり反応してくれなかった。

家に閉じこもりがちの生活になってから、女房と電話で話した以外は、誰ともまともに会話をしていない。さーくんに対して一方的に話しかけはするものの、返事が返ってくるはずもなく、独り言と変わらない。
家の中が汚れてきた気がしたので、電話で聞きながらなんとか掃除もしてみた。女房が家にいるといつも掃除が行き届いて片付いている状況が当たり前に感じていたが、赤ちゃんがいると掃除機をかけるタイミングも難しい。しかし、埃だらけだと俺はともかく、赤ちゃんにはよくない気がする。女房のアドバイスを受け、毎日の掃除は床掃除用のシートを使い、余裕がある時に掃除機をかけることにした。掃除なんて、学校を卒業して以来ろくにやったことがなかったけれど、奇麗になるのが目に見えるのは気持ちがいい。

日曜日の昼下がり、今夜には女房が帰ってくることになっており、明日からは出社する予定だ。仕事からこんなに長期間離れるなんて初めての経験に、以前と同じペースをすぐに取り戻せるかやや不安だ。二週間でこう思うのだから、病気や育児で長期休業してからの復帰はどれだけ不安だろう。

すやすやと穏やかな寝息を立てるさーくんの寝顔を眺めていると、明日からはさーくんと過ごす時間も少なくなってしまうことが惜しく思えてきた。
突然チャイムが鳴った。しまった、インターホンを切っておくのを忘れていたか。

やっとお昼寝をしたところなのに。居留守を使おうかとも思ったが、さーくんが泣き出したので、抱っこしたまま出る。

立っていたのは知らない女性。

「いた！　私の赤ちゃん‼」

そうか、あの時さーくんを押し付けてきた女性だ。

泣きながらさーくんに手を伸ばしてくる。さーくんを盗られるものかと抱いた腕に力がこもるが、女性の顔を見たさーくんは泣きやみ、笑顔で彼女に向かって手を伸ばした。

あぁ、母親には勝てないのだろうか。そのまま母親にさーくんを渡すと、今度は俺のほうに向かって満面の笑みで手を伸ばしてきた。そうか、俺のことも求めてくれるのか。

さーくんの母親によると、あの時彼女は体調が悪く、俺にさーくんを渡したあとに倒れてそのまま救急車で運ばれたという。

「偶然とはいえ、こんなにしっかりとお世話していただけるいい方に保護されて、不幸中の幸いでした」なんて言われるとくすぐったい。

今ならわかる。時間以上に貴重なものはない。タイムイズマネーはけだし名言だ。だからこそ、仕事だけではなく、分散して投資すべきなのだ。

去っていく車の中には、先ほどまで泣いていたはずの女と、赤ん坊にしてはふてぶてしい表情の、やはり先ほどまで泣いていたはずの赤ん坊。自力で後部座席に座って、大人のように足と腕を組んでいる。

「おつかれさん！」

「あー、長かった。やっと普通に喋れるぜ。相変わらずの泣きっぷりじゃねえか、さすが泣き女」

「あんたのほうこそ。あんたの中身を知ってるのに、かわいい赤ちゃんってうっかり思いかけたわ」

「そりゃあ、オレは子泣き爺だからな」

「そうそう、今回のご依頼、社長さんが大満足で大口の追加オーダー入れてくれたそうよ。奥さんからもお礼の電話があったらしいし。あんたにボーナス出るって」

「ふふ。そりゃあ、オレは優秀な子泣き爺だからな」

「じゃあ、今日はお祝いしなくちゃ。この間見つけたお店が近くにあるんだけど、どう？」

「ったく。お祝いとか言いながら、支払いはどうせオレだろ。まあいいや。オレ好みの酒はちゃんと揃ってるんだろうな？」

「大丈夫よ。ビール何種類かと、日本酒も焼酎もひと通りあるみたいよ」

「じゃあ、せっかくだからほかの奴らも呼ぶか？」

「そうね。とりあえず連絡してみるけど、最近忙しいからみんな派遣中かもね」

「別にオレはひと晩お前だけでもいいぞ。なんなら二人きりになれるところ行くか？」

「ちょっとー、セクハラ発言なんですけどー。もう、この子泣きセクハラ爺！」

第３話

かわいそうな子ってなんやろ？
ごはんもおいしくて、毎日それなりに楽しくて、何がかわいそうなんやろ？
かわいそうって言われるからかわいそうなんやろか？

ホームに来る前のことはあんまり覚えてへんけど、母さんはよく泣く人やった。普通は父さんという存在がセットで存在するらしいと、あとから教わった。せやけど、会うたことすらないからそんなもん当時のぼくは知らん。

食事というか、食べ物は死なない程度に何日かに一回は食べさせてくれた。それ以外はお腹が減ると、その辺に食べ物があればこっそり食べた。ばれたら母さんの気分が悪いと怒られることもあるから、ばれへん程度に食べれたらラッキー。ばれても怒られへんかったらもっとラッキー。夜は、ベランダに閉め出されることもあったけれど、朝になれば入れてくれると学習したから、隅のほうでじっとしてた。そのうち、寒い日は洗濯機の中が風が吹き込んでこなくて逃げ場所として最適なことも覚えた。冷たい金属の洗濯槽も、しばらく入っていると多少はぬくくなる。

時々電話がかかってくる。

「あの子をどう育てていいかわからない。あの子さえいなければ！」

電話に向かってそう言っているのを何度も聞いた。

いつも電話を切ると、どうして誰もわかってくれないの！　と泣きながら風呂場に籠っていた。毎回、しばらく静かになったかと思うと、シャワーを流す音がして、腕に包帯をぐるぐると巻いた母さんが出てくる。その時の母さんはなんだかすっきりとした顔をしていて、ぼくにも優しくしてくれた。

母さんが風呂場で何をしていたのか、なんとなくはわかっていた。時々、流しきれていない血が浴槽の縁や水道のレバーの下側にべったりとついたままだったし、包帯から血が滲んでいることも多かった。だけど、それを指摘するときっとまた怒るから、ぼくは何も気づいていないふりをしていた。

大きくなってから考えるようになった。大切な人が目の前で傷だらけになっていくのと、自分が痛いのはどっちがマシなんやろう。もちろんどっちも嫌やけど。

ある日、いつものように電話を切ったあと、ぼくは洗濯機に放り込まれた。ごめんねと言いながらも上から押さえつけてくる母さん。ポタポタと生暖かいものが何滴か落ちてきたと思ったら、今度は水が上から滝のように流れてきて、水位が少しずつ上がっていく。それが、母さんを見た最後だった。

次に気づいた時には知らない場所にいた。そこでは毎日三回もあったかい食事が出てきて、さらにおいしいおやつまで出てきた。ごはんをいっぱい食べて、元気になったら母さんに会えると言われたので、毎日がんばってごはんを残さず食べた。そのうち、母さんが病気だから、ぼくにうつらないようにしばらく会えないんだと言われて、別の場所へと連れてゆかれた。ホームとか施設と呼ばれるそこには、同じ年頃の子供が大勢いた。保育園にも幼稚園にも行ったことのないぼくにとっては、同世代がたくさんいる環境は初めてだった。

昼間はそれぞれがいろいろなことをしているけれど、夜はいくつかの部屋に分かれてみんなで寝る。ぼくももうベランダや洗濯機で寝ないでもいいみたいだった。もう少しお兄さんお姉さんになると、四人部屋、二人部屋もあるらしい。
先生と呼ばれる大人たちが夜中にも何回か様子を見にきてくれる。よく魘(うな)されている周りの子の声で目が覚めた。その子たちもベランダで寝てたんやろうか。ホームには新しい子もどんどん入ってきた。いろいろな子がいて、狭い場所や暗い場所がダメだったり、尖ったものがダメだったり、苦手なものもいろいろだった。ちらっと見えた背中が丸い傷跡だらけだったり、痣だらけだったりする子もいた。

ホームでの毎日は忙しかった。みんなで朝ごはんを食べて、身支度が済むと、楽器や歌の練習があったり、お絵かきの時間があったり、いろいろな体操の時間もあった。あっという間に毎日が過ぎていく。ぼくは楽器も歌もお絵かきもダンスもそんなに好きじゃなかったけれど、体操とボール遊びはそこそこ楽しかった。そして、ある程度時間が経つと先生に言われるがままに、楽器だけ練習する子、毎日絵ばかり描いている子、ずっと体操している子と分かれてくる。

ある日、母さんの代理人だという人が来て、応接室へと呼ばれた。その頃には子供ながらに、きっと母さんにはもう会えないことをなんとなく理解していた。応接室へ向かう途中、職員室のテレビには、見たことのある顔が映っていて思わず立ち止まる。

たしか、楽器が上手な隣の部屋だったお兄さん。「世界的マエストロのお宅訪問！ご自宅ご家族初公開!!」なんて書かれている。どういうこと？　お兄さんの家族がマエストロって人？　マエストロって何かよくわかんないけど。お兄さんはマエストロさんという名前の外国人だったんだろうか。思わずお兄さんの名前を口に出してしまう。すると、数秒遅れてテレビが消えた。明らかに慌てた顔をした先生が出てきて、お兄さんのことを聞きたかったけど、聞いちゃだめそうな気がしたから、やめといた。

少し前に夜中にトイレへ行きたくなって目が覚め、ホームの先生たちが喋っているのを聞いてしまった。

「キュバスの子、どうするよ。うちじゃ教育しきれないでしょ。そろそろお年頃だし、ほかの子たちに何かされても困るよね」

「放り出すのもかわいそうだけど、仕方ないよね。せめて次を探してあげないと」

「まあ、しばらくはあの子と仲良くなってみるのもいいんじゃない。あの子なら引き取り手もいないだろうから、多少なんかあっても大丈夫でしょ。同部屋にしてみたけれど、どうかね？」

「それよりもあの子でしょ。かわいそうに、何年経っても引き取り手が現れないなんて」

「座敷童らしさがないから、しょうがないよね。適性もこれといって見つからないし」

「西の言葉も抜けないしね」

「前代未聞だけれど、人間として生きていく術を身につけさせたほうがいいのでは？」

座敷童ってどういう意味かよくわからなかったけど、明らかにぼくのことだった。顔が熱くなって、頭がぼーっとする。母さんもお前なんていなければと言っていたけれど、やっぱりここでもいらない子だったみたいだ。


大きくなってから知った。あの日テレビで観た「マエストロ」というのは、世界的に有名な指揮者だった。調べてみると、バイオリニストを目指す息子が一人いたという情報は出てくるが、養子をもらったなんて情報はどこを探してもない。隠し子だと書かれている週刊誌もひとつだけ出てきたが、それ以上の情報は探せなかった。何しろ、その息子は僕がテレビで観た数年後にはこの世を去っていたから。ほかにもこのホームで見たことのある子たちが、有名人の家族として雑誌やテレビで紹介されている例がいくつか見つかった。僕がいたホームは、虐待などの理由で親元で暮らせなくなった子供を引き取って、英才教育を施すための施設だったのだ。初めのうちは、様々なことをやらせて適性を判断する。そして適性があると判断されたことを徹底的に教育するのはもちろん、座敷童としての教育も並行して行っていたらしい。引き取り手は有名な音楽家、芸術家、スポーツ選手とかで、理想的な子供を手に入れるのが主な目的らしい。座敷童は家に幸福をもたらすと言うが、座敷童教育を受けた子供たちもそうらしく、寄付という名前の多額のお金と引き換えに、引き取られていく。世間には公表されていないが、もし公表されれば人身売買だなんて言われそうだ。不思議とどこにもそんな情報は流れていない。このことは、キュバスのあいつとぼくだけの秘密だ。

あいにく、ぼくは楽器も、絵画も、スポーツも、適性があるものが見事に見つからず、幸か不幸か座敷童になることはなかった。でも、だからこそ大人になるまで生きることができたのかもしれない。座敷童として引き取られていった子供たちは例外なく数年以内に亡くなっているなんて事実、結構なスキャンダルだと思うんだけど。でも、世間はホームで育てられる人工的な座敷童の存在すら知らない。短命な理由はわからない。ぼく自身は座敷童の教育を受けていないから、どんなことが行われていたのかもわからない。だけど、人を人工的に座敷童にするのは、きっと何か大きな負担がかかるのだろう。

先生たちの話にも出てきたキュバスも、ぼくと同じで行く場所がないようだった。別の名前もあるけれど、周りの人はキュバスと呼んでいた。インキュバスだかサキュバスだか呼ばれる種族の子で、なんでだか知らないけれど、このホームに来たってことは訳アリってことだろう。お互いいろいろと根掘り葉掘り聞かないのがここの流儀。何年もいるぼくにとっては当たり前のこと。まあ、何年もいるのはぼくぐらいやったけど。

キュバスもかわいそうな存在なんやろうか。同じ年齢ということで、ぼくと同じ部屋になった。四人部屋に入る年齢の男子が少なく、しばらくは四人部屋を二人で使うことになった。あまり喋らないやつだったから、ぼくもあまり話しかけることはないけれど、ここでの生活ルールはぼくから教えることになったから、自然と一緒に行動することが多かった。周りから見るとかわいそう同士が一緒にいるように見えるんやろうか。

だけど、なぜか風呂だけは別。別に男同士で一緒に入ればええやんとは思うけれど、ここに来る子たちはいろいろな理由で傷だらけの子もいるから、そういう子たちは大浴場ではなく、小さな風呂場へ一人ずつ入る。まあ、入り方わかってるなら別に困ることもないだろう。

ぼくは最初にここへ来た頃、どうやって風呂に入ればいいかわからなかった。何人も入れるでっかい風呂を見るのも初めてだったし、母さんからは冷たいシャワーや熱湯をぶっかけられて、でっかいブラシで血が出るぐらい無理矢理洗われることもあったから、風呂はあまり好きじゃなかった。だけど、先生たちがひとつひとつ教えてくれた。まずはかけ湯をすること、湯船にはタオルをつけちゃダメなこと、身体を洗ってから湯船に浸かるんだったら、泡はよく落としてから入ること。時間は決められていてそんなにゆっくりできなかったけれど、湯船に浸かるのは気持ちいいなと思えるようにまでなった。

　ある日、明け方に突然目が覚めた。泣き声、叫び声、周りの部屋からいろいろと聞こえてくる。二段ベッドの上に寝ているぼくに、天井からぶら下がった電灯が当たりそうになる。

「布団かぶってじっとしてて！」

　隣の二段ベッドからあいつの声が飛んでくる。地震だったと認識できたのは、揺れが収まってからだった。明け方でまだ外は暗かったけど、全員が入れる食堂へと集められて点呼がとられる。とりあえず全員無事だった。水道も電気も止まったり、いろいろ壊れたり、数日間不便な生活が続いたのは覚えている。古い建物が集まっている、施設の周りを中心に、街の一部だけが滅茶苦茶になった、なんだか現実的ではない光景も目に焼きついている。ぼくらが住んでいる施設は古いだけあって、元々壊れた場所がいっぱいあったけど、今回の地震であとどれぐらい耐えられるかわからないということになり、子供たちは各地方にある別の施設に数名ずつ分散して送られることになった。あいつもここでの生活にだいぶ慣れた頃だったのに。そして、ぼくとあいつは二人一緒に同じ施設へと送られ、そこから小学校に通うことになった。

今までいた地域では、人間以外を受け入れてくれる学校がなかったらしい。妖怪と人間のハーフもまれにいるらしく、妖怪と人間が結婚できるように法律が変わって以降、特にぼくらの世代から増えたそうな。ぼくは座敷童じゃないから、人間のはずなんだけど、人間向けじゃない施設に住んでいる時点で周りからは妖怪とみなされるらしい。あと、あいつはそういや妖怪だった。普段気にしたことないけど。だって、妖怪だろうと、座敷童だろうと、人間だろうと、あいつはあいつだ。普段は特別に仲がいいという訳でもないけれど、困った時にはお互いそれなりに助け合う。あいつからも「一緒でよかった、心強い」と笑顔で言われると、なんだか胸がざわざわして、思わず目を逸らした。あんまり他人の見た目を気にしないタイプのぼくから見ても、あいつはきれいな顔をしてるから、目をじっと見つめられると吸い込まれそうになる。なんとか素っ気なく返事をしたけれど、ぼくもそう思ってたとは恥ずかしくて言えなかった。

新しい街は、妖怪が多い地域というだけあって、特に低学年には何人かの妖怪や妖怪と人間のハーフがいた。ぼくの学年はあいつだけだった。周りから見るとぼくも妖怪らしいけど、当時はなぜだかよくわからなかった。別々のクラスに入れられ、ぼくはそれなりにクラスに馴染めたが、あいつはあまり馴染めていないようだった。だけど、あいつから何も言ってこないから、ぼくからも何も聞かない。一緒に帰れる時は一緒に帰る。そして、宿題をして、自由時間にはぼくは漫画を読んだり、動画を見たり。あいつは自由時間はほとんど楽器の前で過ごしていた。今思えば、新しいホームも座敷童を育成する施設だったらしく、楽器もいっぱい置いてあったのだ。前のホームではあいつが楽器を触るのはあまりいい顔をされなかったけれど、新しいホームに来てから、音楽室や防音のレッスン室が空いていれば自由に使っていいと言われたらしい。時には手が空いた音楽の先生に少しずつ弾き方を教えてもらいながら、あいつは目を輝かせていろいろな楽器を触っていた。

その後、中学生になった頃、ぼくの祖母だという人が現れた。意外なことにすぐ近くの病院に入院していた。ぼくの母さんも元々はこの辺りの出身だったらしい。緊張しながらもお見舞いに行くと泣きながら謝られた。祖父が母さんの結婚に反対したが、家出同然で街を飛び出した時にはぼくがもうお腹にいたらしい。その後のことは、祖母も直接知っているわけではないらしいけれど、父となるはずだった人とは結婚することはなく、一人でぼくを産んだそうな。そして、誰にも頼れなかった母さんは追い詰められてぼくを洗濯機に放り込んだまま遠いところに旅立っていきました。めでたし、めでたし。と、なんだかどっかの安っぽいドラマにでも出てきそうな話で、全然自分と関係のある話だと思えない。だけど、泣きながらまた会いに来て欲しいと言う祖母をほっとけなくて、学校帰りにちょくちょく病院に寄るようになった。なんとなくだけど、母の面影を探している自分もいたかもしれない。母娘というだけあって、記憶の中の母さんと似ている部分があるようなないような気がした。しょっちゅうお見舞いに通い、テキパキと働くドクターやナースを見るうちに、病院で働くのも悪くないと思えてきた。だけど、医学部に行ける学力も財力もないのはその年齢ですでに理解していた。その頃にはまだ実感は湧かなかったけれど、二十歳でホームを出ないといけないのもわかっていた。

その後の数年も祖母のお見舞いに通ううちに、友だちができた。たまたま祖母と同室に入院していた少し年上の女の子だった。

「それ何?」

その子が手元で何かぷちぷちとしていたので、思わず気になって話しかけた。
「これですか？　点字です。私、その、目があまりよくないので」
そう言われて、その子がこちらを向いているのにどこか遠くを見ているような感じなのに初めて気がついた。

♪幸せは歩いてこない　だーけど不幸せは追ってくる～
一日一不幸　三日で三不幸程度で済んだら幸せさ～

そんなへんてこな替え歌にも笑ってくれる子だった。気づいたらその子のことばかり考えていて、お見舞いに行くと喜んでくれる祖母に心の中でごめんと思いつつ、その子に会うのが楽しみでお見舞いの頻度が増えた。祖母も孫の幼い恋心に気づいていたのか、散歩がてら買い物を頼んでくることもあった。ぼくの腕につかまってもらって、一緒に一階の売店へ往復するのがぼくらのデートだった。ほんとは白杖を使えば院内であればだいたいどこでも一人で行けるらしいけれど、腕につかまっているほうが怖くないと言ってくれて、恥ずかしいけれど嬉しかった。時には短い小説や雑誌の記事を音読してあげることもある。その子は印刷した文字を読むことはできないから、普段は朗読された小説を耳で聴いて楽しんでいるらしい。ぼくのたどたどしい音読も嬉しそうに聞いてくれた。ずっと一緒にいられたら楽しいだろうなと思った。

だけど、やっぱり別れは突然だった。

いつものように祖母と三人で話していると、その子の両親だという人が現れた。

「障害者だからって差別しないで欲しい。うちの娘はちゃんとした家に嫁がせる。お前のようなどこの馬の骨とも知れないやつらと一緒にいるような家じゃないんだ」

「だから相部屋なんて反対したのよ。空きがなくてしょうがないなんて言うから。だいたいあなた、人間じゃないんでしょ？　汚らわしい！」

どこから突っ込んだらいいかわからない言葉だったけれど、差別ってなんだ？　彼女のことを差別した覚えはないんだけど。ぼくが仲良くしたら差別なのか？　どう言い返せばいいのかわからず思わずフリーズしてしまう。そこで騒ぎを聞きつけたのか、病院のスタッフたちが何人も入ってきて、ぼくは部屋から外へと誘導された。いや、追い出された。

♪仕上げはお父さ～ん
♪トドメはお母さ～ん

　なんだっけ、元はお母さんだかお父さんだかにパジャマを着せてもらう歌だった気がする。いや、歯磨きか。そんな経験、ぼくにはないけど。考えていると泣きそうになるので、さっき起こったことを考えないようにしようと、無理矢理別のことを考える。その晩は、へんてこな替え歌がたくさん生まれた。それを歌って、また一緒に笑うことはできるんだろうか。

　翌日には祖母の隣のベッドには別の人が入っていて、祖母によるとあのあとあの子は両親に無理矢理連れていかれてそのまま転院したらしい。祖母から名刺サイズの紙を渡された。プチプチとした点字。彼女に教えてもらったとおり、基本的に六つの点がひとつの文字を表している。それらの六点は母音を表す三点と子音を表す三点に分かれていて、その組み合わせで一文字となる。仕組みとしてはローマ字に近いかもしれないけれど、濁点などは別の一文字となって二文字分で一音を表す。凹面と凸面があって、書く時は裏側から左右を反転させて打っていき、指で読む時は凸面を読んでいく。ぼくは指で読むことはできないから、凹面から目で読んでいく。

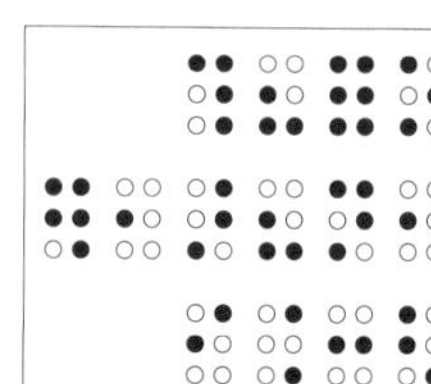

慌てて打ったのか、いつものような揃ったきれいなプチプチではなくて、なんだか乱れたプチプチだった。ぼくの初恋は、こうして終わった。いや、終わらされた。

ぼくも大人になり、今は社長という立場になった。時折受ける取材では、決まってかわいそうな生い立ちからハングリー精神で起業をして成功を収めた社長像を求めてくるけれど、ぼくは社長になりたかったわけでも、成り上がろうと思ったわけでもない。ただ必死に生きてきて、自分と周りの人がちょっとでも笑顔で過ごせたらいいなと思っていたら、気づいたらこうなっていただけ。

結局、ホームからそれなりに近かった中高一貫校に奨学金をもらって、キュバスのあいつと一緒に入った。相変わらず特別仲がいいわけではないけれど、困った時はお互い助け合うような関係は続いていた。高校では原則として、部活か同好会にひとつは入らないといけなかったけれど、当時は少しでもお見舞いに行く時間を作りたかったし、将来のためにバイトもしたかったから、あいつが作った音楽同好会に名前だけ貸していた。

あいつは勉強もそれなりにできたうえに、さらに奨学金がもらえることになったとかで大学に入った。少しうらやましい気もしたけれど、それよりも手に職だ。

予定どおりホームは二十歳で追い出された。昔は十八歳だったらしいけれど、人間向けの施設でもそれでは進学はおろか、住む場所にも困って住み込みの仕事や寮に入れる会社を探すしかなく、職を選ばず無理矢理働き始めても行方不明やホームレスになってしまう例があとを絶たなかった。人間向けの養護施設と同時期に法律が改正され、その恩恵に与かれた。病院で働きたいという気持ちは相変わらずあったので、学費を借りて介護の専門学校に通い、手に職をつけることができた。はずだった。

資格を持っているはずなのに、就職が決まらない。決まったと思った就職も、就職の数週間前に取り消された。学校はその年も就職率一〇〇%だなんて言っていたから、きっと僕は小数点以下の誤差の範囲なんだろう。理不尽だとは思うけれど、人生思いどおりにいかないのが当たり前だから仕方ない。どうやら、ぼくが人間向けではない施設で育ったことが原因らしかった。ホームを出ても就職できれば自活していけるという目論見が外れ、慌ててバイトをもっと入れる。その合間に就職活動もやり直す。

別に「元座敷童候補を追い出すなんて、ええ度胸しとるな」とも思わず、やっぱり人生そんなもんやねんなというのが素直な感想だった。だいたい、世の中はぼくに優しくはできていないのだ。

新卒カードを失ったのは痛かった。正職員は無理だけど、バイトなら雇えるという施設はいくつかあった。そうなると、非正規雇用で食いつないでいくしかないけれど、介護だけで食べていくのはきつかった。介護職と言えば正職員でも給料は高くない。非正規となると最低賃金とそんなに変わらないんじゃないかってぐらいだった。夜勤に入って深夜手当をもらっていても、奨学金という名のローンの返済と生活費でカツカツだった。結局、専門学校時代からやっていた夜の仕事や日雇いのほうが実入りがよく、介護のバイトをしながらそれらの仕事を続けた。せっかく取った資格を無駄にはしたくなかった。

夜の街にも単発の日雇いにも、いろいろなやつらがいた。ひと言で言うなら「社会不適合者」。ぼくも含め。だけど、合わせようと思ってもはじき出してくるのは社会のほうだ。生い立ちとか育ちとかではじかれても、自分ではどうしようもない。妖怪やその血が混じった者も多く流れ着いていた。いろいろなバイトを渡り歩くうちに、気づくとそういった知り合いが増え、夜の街を歩くと知り合いだらけだった。

安月給とはいえ、たまには息抜きも必要だと言って、同僚や顔見知り同士、安い酒場へ飲みに行くこともあった。ゲテモノを出している、人間を食べていると噂され、多くの人間は近寄らない店が固まった地区。そこは人間から見ると無法地帯と化していて、酒場では夜な夜なギャンブルをする者も多かったもんだから、ただでさえ少ない給料をすっからかんにしてしまう者も少なくなかった。わざわざ金なんて賭けなくても、人生自体が充分ギャンブルやんかと思っていたので、ぼくはどんなに誘われてもギャンブルだけはしなかった。きっと面白い人生やったって笑って死ねたらぼくの勝ちや。だけど、他人の趣味まで否定する気はない。それに、妖怪は人間と同じような食事をとるやつばかりではないので、うらやましいことに別に食料が買えなくても困らないやつらもいるのだ。ぼくは妖怪扱いされていても人間なので、食べないと生きていけない。だから、生きていくには金がいる。

いつもの面子で飲み会が始まる。笑い話、自慢話、恋バナ、下ネタ、愚痴、話す内容は人間も妖怪も変わらない。

「もういっそ、オレらみたいなはみ出し者だけの会社ができればいいのによー」

「人間たちからなんとかお金が搾り取れればいいんだけどね」

「そんな会社、誰が仕事くれるんだよ」

「妖怪相手になんかするとか？」

「そんな会社あるのかよ」

「じゃあぼくらで作ればええやん」

飲みの席での戯言のはずだった。だけど、妖怪にそれは通用しない。そうだった、彼らも人間と同じように話しているからついうっかりしそうになるけれど、本音と建前という概念がないやつらが多く、本音しか喋らないのが普通だった。気にしていることもドストレートに言ってくるので、ムカつくことも多いけれど、裏表がないということでもある。

そうして、ぼくを代表として、会社を作ることになった。

はみ出し者の、はみ出し者による、はみ出し者のための会社。何をやるかというと、妖怪を妖怪に派遣する。妖怪の介護や看護だったり、人間のふりをするのが得意な妖怪が、何かを代行したり、違法でなければなんでもやる。

起業しようと集まった面子の中で人間戸籍を持つ者がぼくだけだったので、会社の代表はぼくがやるしかなかった。妖怪は法律上、会社の代表にはなれない。そのほかにもいろいろと人間とは違う法律が適用される。

まず初めにとりかかったのは、会社をどうやって作ればいいか調べることだった。「起業」で検索するといろいろな情報が出てくる。株式会社を作るか、合同会社なのか、合名会社なのか、合資会社なのか。たまに聞く有限会社は制度が変わって、もう今では新しく作ることはできないらしい。それぞれメリットもデメリットもあるから、慎重に考える必要がある。

次は資金集めだった。

祖母と再会してからは、生前贈与ということで毎年一一〇万円を渡してくれていた。それは生活費や学費にも充てていたけれど、足りない分の学費はローンとして借りていたので、開業資金を貯めるとなると、介護職で得られる給料はあまりにも安い。そこで、思いきって介護職を辞め、地方の旅館やホテルでの住み込みの仕事を始めた。数か月だけ働いて、元の街に戻って仲間の妖怪の家に数週間滞在させてもらってから、また次の街へと行く。賄いもついているので、稼いだ分は奨学金の返済分を除いて、ほとんどそのまま貯められる。せっかくの資格が無駄になるようで嫌だったけれど、旅館にやってくる車椅子のお客様への対応などで、女将さんにほめてもらえることもあった。祖母はその頃には認知症がだいぶ進み、ぼくのこともわからない日が多くなった。

もし自分が介護職員としての意見を言うなら、できるだけ会いに来てくださいと言うだろう。だけど、家族の立場となると、会いに行ったほうがいいと思いながらも、交通費がかかることや忙しいことを言い訳にして、たまにしか会いに行かなくなった。母を亡くし、父には会ったことすらないぼくにとって、祖母が唯一の残された肉親となる。その祖母がどんどん衰えていく姿を見るのは怖かった。

途中、仲間の妖怪が貯めたお金を人間に騙し取られそうになったこともあったが、なんとか目標金額を貯めることができた。そして、実はハードルが高いのが、登記するための物件探し。自分たちはアパートなどの賃貸に住んでいる者だけで、規約上登記が禁止されていた。そんな規約、今まで気にしたことすらなかった。可能であったとしても、明らかに居住用のアパートで登記をしてしまうと、後々の信用問題にもかかわると聞いて、どうするか悩んでいた。

それをあっさりと解消してくれたのは、いつもの安居酒屋の店長だった。常連からは、おやっさんと呼ばれている。妖怪だとばかり思っていたおやっさんが実は人間で、不動産もいくつか持っていたのだ。その中で、以前過労自殺をした社員がいてその後倒産した会社が使っていた事務所に借り手がつかないということで、オフィス街の一角にある古いビルの四階を格安で借りることができた。オフィスで自殺した社員の幽霊が出ると噂になっていたらしいが、幽霊よりも人間のほうが怖い。それに、エレベーターもないので、噂云々以前からなかなか借り手がつかなかったらしい。

続いて登記の手続き。わけのわからん書類をいろいろと準備する必要がある。法務局に通って、質問をしまくった。最初は「割り印ってなんですか？」と尋ねるレベルで、担当者に呆れられたけれど、呆れつつも親切に教えてくれた。何かお礼がしたかったけれど、公務員だから何も受け取れないらしい。お礼なら会社を軌道に乗せて、しっかり納税してくれればいいんですよと言われたけれど、それが一番難しい気がする。

最後に許可証。これは役所と揉めた。人間であれば介護だったり派遣だったりということで、許可を申請する必要があるのだけれど、派遣される立場の者が人間ではない場合どうするのか。前例がないということで、揉めに揉めた。結局「人間じゃないんだから、役所の知ったことじゃない」という結論が出たおかげで、勝手にやらせてもらっていいという意味だと受け取ることにした。

これでやっと会社ができたと思ったけれど、大変なのはここからだった。銀行で法人口座を開くのも簡単ではない。居酒屋で夜な夜な行われているギャンブルゲームよりも、こっちのほうがよっぽどハイリスクなギャンブルだった。リターンがどれだけ出せるのかは、この時点ではわからない。そんな状態で始まった初心者マークつきの社長。

自転車操業どころか、一輪車操業だった。止まったらその瞬間倒れる。大家でもあるおやっさんが家賃を格安にしてくれたけれど、それでも固定費が毎月飛んでいく。人間も生きてるだけでお金がかかるけど、会社も存在するだけでお金がかかる。最初の一年は特に手探りだった。もっとちゃんと勉強しておけばよかった。さまざまな税金や保険の支払いは、タイミングもよくわからなければ、金額が合っているのかどうかもわからない。会社の代表ならそれぐらい勉強してから会社を作ってくださいと役所で言われたけれど、どこに行けばそれが勉強できるのかすらわからないから、調べまくって訊きまくっても謎だらけ。おやっさんに紹介してもらった税理士さんに泣きついて、なんとか一期目の決算を終えた。何もかも全部自分でやるのは無理だ。必要に応じて、プロに任せるのも大事だと痛感した。

社員が人間ではないから、保険料や年金はかからなかったけれど、それまで人間と同じようにかかっていたら、とてもじゃないけれど立ち行かなかっただろう。妖怪は人間のお金に執着しない者が多いけれど、最初にした約束が果たせないことは嫌だった。結局、登記簿上は会社代表という立場でありながら、引き続きバイトを掛け持ちして、最初の数年を乗りきった。

どうしても、バイトで賄いきれない時は、知人で病院勤務の吸血鬼に血を買ってもらった。売血行為は法律で禁止されているらしいけれど、それも人間と人間の間の話で、相手が妖怪だとそれを禁止する法律なんてなかった。法律が適用されないということは、従わなくていい。その代わり法律も守ってくれない。刑法は一応適用されるが、妖怪コミュニティに逃げ込めば、コミュニティが差し出さない限りは治外法権。捕まえたところで、お金もない、物理的に閉じ込められない（やつもいる）、首を切り離されても平気（なやつもいる、どころか自分から外せるやつもいる）。だから、人間たちからはわけがわからん存在として見られているのだろうけれど、助けてくれるなら人間も妖怪も関係ない。吸血鬼は美味しい血を作るためには食事が大事だと、会うたびに食事をごちそうしてくれ、さらにぼくの血は面白い味がすると、相場よりも高い値段をつけてくれていた。自分の血に値段がつくのはいい気分がしないと感じる人もいるだろう。だけど、素直にありがたかった。ほかに売れるものもたいした能力もないぼくが初めて認めてもらえた気すらしていた。おやっさんも人が足りない時には賄いつきで居酒屋に単発バイトで入らせてくれたり、客として注文をした時には並の値段で大盛にしてくれたり、残りものを包んでくれたり、この二人のおかげで食いつなげた。

そうして流されるままに数年が過ぎ、妖怪の社員数は増えた。

業種を決めるよりも、やってきた妖怪と話し合って、本人（本妖怪？）が何ができるのか、何がやりたいか徹底的に話し合い、やれることはどんどんやってもらったので、業務範囲も少しずつ広がっていった。口コミで妖怪たちがやってくるようになり、求人（求妖怪？）には困らなくなった。こんな能力のある妖怪を探していると頼むと、妖怪同士のネットワークで誰かしら探してきてくれる。人間社会では少子高齢化だとか、人手不足だとかニュースでも目にするけれど、妖怪の世界ではそんな心配はいらなかった。何しろ、分裂できる妖怪もいるので、単純作業ならそういう妖怪に頼めば人間では考えられない格安な人件費で仕事を受注することができた。適材適所を考えると、人間以上のバリエーションがあった。

ある日、若い女性が事務所にやってきた。ちゃんとアポを取って、インターホンを鳴らしてドアから入ってきた。妖怪だと窓から入ってくるやつ、天井や壁を通り抜けてくるやつもいるので、この人はどの妖怪だろうとしばらく考えたがわからない。いつもはだいたいわかるのに。

「失礼ですが、どちらのご種族ですか？」

「あはは。種族は人間です。まあ、小悪魔じゃなくて大魔王だとか、ほぼ魔女みたいなもんってよく言われますけどね。魔女狩りが始まったら真っ先に狩られるタイプだと自覚はあります！」

そんなこと、胸を張って言われても。

「お互い人間でしたか！」

「え、あなたも人間なんですか⁉　失礼しました。あやかしさんかと。あ！　いえ、失礼しましたって言ってしまって失礼しました。こちらの会社はあやかしさんだけと伺っていたので。でも、人間とか妖怪とか関係なく仕事の話をさせてもらってもいいですか？　あ、『あやかしさん』とか『妖怪さん』って呼び方は失礼には当たらないですか？」

ここまでの短い会話の中にも彼女の考え方がよく表れていた。「妖怪」ならまだマシで「人外」や「バケモン」と呼ぶ人間が多い中、「妖怪さん」や「あやかしさん」と呼び、妖怪に対しても敬意を払う彼女に一気に好感を持った。居酒屋のおやっさんと同じ、妖怪に偏見がないタイプだった。だが、おやっさんは偏屈親父で誰が見てもひと目で変わり者とわかるタイプだが、目の前の女性は黙っていれば美人な人間にしか見えなかった。

話を聞いてみると、意外なことに妖怪派遣の依頼だった。

先代社長である父が急逝し、急遽会社を継ぐことになり、働き方も含め、社内の改革を進めようとしていた。古い世代の考え方を変えないことには改革が進まないと悩んでいたらしい。特に父と近い世代の社員たちは、考え方がなかなか変えられず、いっそその人たちに育児や介護を経験してもらえば考え方が変わるのではないかという大胆な発想だった。

「私の初動がまずかったんだと思います。父と近い年齢で、今まで会社を大きくするのに長年働いてきてくれた方たちが娘のような年齢の私にいろいろ言われて面白いわけがないですよね。でも、会社を支えてきてくれた人たちだからこそ、自分の人生や自分の時間も大事にしてもらいたいんです」

わからずやだと切り捨てるのではなく、なんとかして考え方を理解してもらいたい。そのために、幼い頃に妖怪が出てくるアニメで見た、子泣き爺がいれば派遣してもらえないかという依頼だった。

最初に浮かんだのは、型破りな人間だというのが正直な感想だった。自分のことは棚に上げておいて。でも、彼女のような人がほかにもいれば、今まで妖怪相手にしか考えていなかったが、人間社会にも派遣ができるかもしれない。彼女と話し合い、子泣き爺の自然な受け渡しと引き取りを実現するために、泣き女にも手伝ってもらうことで話がまとまった。

結果、最初の派遣は大成功で、会社だけでなく、対象者の家族からもお礼の手紙が届いた。今まで家庭を顧みないタイプだった対象者が、不器用ながらも孫をかわいがる優しいおじいちゃんになったという手紙だった。彼女の会社からは大口の契約をもらい、その後も彼女の知人友人に口コミで広がって、人間相手の派遣数が一気に増えた。彼女からは新しい契約と共に、いろいろなアイディアももらい、今まで考えたこともなかったような業務も増えて一気に間口が広がった感じだった。

彼女は勉強熱心で、様々な勉強会やセミナーにも出ていた。彼女に言わせると、知らないことを知ること、わからないことをわかること、できないことができるようになることは何より楽しいことらしい。彼女が幼い頃から、長男である兄が何かと一族の中でも優遇されがちだったらしいが、少なくとも両親はできるだけ平等に扱おうとしてくれたらしい。三歳離れた兄が、家業にプラスとなる専門知識を深めるために大学四年間の海外留学を勧められたが、英語ができないし海外は嫌だと断ったところ、彼女が名乗りを上げ、どうせ行くなら高校のうちから行かせろと親を説得し、すでに入学していた地元の中高一貫の進学校を中退して、単身海外へと渡ったらしい。そして、語学と専門知識を身につけたうえ、大学院で経営学の勉強までしてきただなんて、ぼくには想像もできない世界だった。ドラマとか漫画とかで、お嬢様の外国語ペラペラな帰国子女で本人も天才みたいなキャラが出てきたら、現実感がないキャラだなと思ってたけど、リアルにそういう人も存在しているのかとびっくりした。そして、彼女はエネルギーの塊のような人だった。

勉強会などのあとは、そのまま懇親会で食事に参加することも多いらしいが、酒に強い彼女が珍しく真っ赤な目で帰ってきた。赤いだけじゃなく、目が据わってる。これはヤバい。冷蔵庫から冷えたミネラルウォーターを取り出して飲むと、キッチンにそのまま座り込んだ。これは本当にヤバい。何かやらかしたのではないかと我が身を振り返ってみるが、心当たりはない。身に覚えがないながら、思わず身構えたぼくに向かって、言葉の絨毯爆撃が始まる。

「女性の輝き応援法だとか、障害者の独立支援法だとか、何がしたいのよ？　男性だって女性だって輝いてる人ばかりじゃないし、そもそも輝かないとダメなの⁉　輝いてない時だってあってもいいじゃない、そもそも輝くの定義って何よ？　法律のバカヤロー！　もうこうなったら適材適所推進法を作る！　この間は断ってきたけど、次の選挙に出てやるー‼」

うん、今夜はぼくが悪い訳ではないなとちょっとだけ安心してしまうが、取り扱い注意なことに変わりはない。

「だいたい、なんなのよ。今までみんなに向けて普通にしゃべってたくせに『ちょっと私わからないわ』とか『ちょっとここできないわ』とかあったら、僕に質問してくださいねって、なんでそこだけ女性口調でこっち向いて話しかけてくるのよ！　どの口で男女平等とか言ってんのよ！　参加者ほぼ男だろ！　親切のつもりなんだろうけど、わからないのやできないのは、私だけって前提かい！」

なるほどね。親切のつもりが、彼女の神経を逆なでしてしまったパターンか。悪気はないんだろうけどね。ぼくもよくそれで怒られる。ちなみに「悪気がなかった」と謝ると、もっと怒られる。それは謝っているうちには入らないらしい。

さらにその後の酒も交えての懇親会では、女性なのにすごいですね、女社長ってかっこいいですねと言いながら、二軒目に誘い、口説いてきたらしい。

腹立つから潰してきた。大丈夫。酒代は全部私が払ってきた！　と豪語する彼女。小柄で、海外だと子供と間違えられてお酒を売ってもらえないというぐらいかわいらしい見た目だが、ウワバミというかザルというか、むしろ枠というか、どれだけ飲んでも潰れないので、数々の酒豪伝説を持つ。彼女を潰そうと企んだ者は、今まで例外なく返り討ちにあってきたらしいことは、共通の知人となった彼女の友人から少し聞いた。きっと明日は二日酔いだろうと思うと、顔も知らない男性にちょっとだけ同情する。

翌朝、起きると珍しく朝食が準備されていた。いつもは食事を作るのはぼくの役目だった。バイト生活が長いおかげで、調理もひと通りできる。

「昨夜はご迷惑おかけしました。自分でも過敏だと思うんだけど、女性が下に見られてるって思っちゃう時がどうしてもあって。男性は男性でというか、性別とか関係なく人それぞれ大変なのにね。あぁ、性別に縛られない世界で仕事ができたらやりやすいのに」

小さなテーブルに向かい合わせで朝食を取る。彼女の手料理を食べるのは実は初めてな気もするが、意外と美味い。勝手なイメージで料理ができないと思っていたが、実はかなり上手なんじゃないだろうか。でも、特に今そんなことを言ったら余計に彼女が傷つくのが明らかだから、言わないけど。

「いつもね、若いうえに女だからってナメてくるやつは多いの。だけど、そういうやつとの取引はたいした取引にならない。私が男だったら見えにくかった部分が見えてるだけだから、そこが見えるのは強みだと思ってる。あとは、先日部下の仕事について行ったんだけど、私が社長だって自己紹介してるのに向こうは営業の手伝いに来てるアシスタント的な扱いしてくるから、社長だったらきっと喋ってくれなかったことも油断して喋ってきたりするんだよね。

まあ、どうせ仕事で見返してやるし。でも、ほんと女社長とか女医とか、わざわざ言うのが意味わからない。男社長とか男医って言わないのに。社長は社長だし、医者は医者じゃん。性別に関係なく使う人が幸せになれるものを作りたいのに。女性目線をいかした製品じゃなくて、多様性をいかした製品が作りたいの。いいアイディアに性別も年齢も関係ないじゃない」

ぼくにもたれかかりながら、独り言のように喋り続ける彼女。こういう時は適度に相槌を打ちつつ、下手なことを言ってはいけないというのは、今までの付き合いで学んだ。何か言うと、火に油を注ぎかねない。それは彼女の傷ついた心を抉るのと同じことだった。

だいたい今も彼女は、自分で折り合いをつけようとしている。彼女に必要なのはアドバイスではなくて、とにかく誰かに聞いてもらうこと。外での彼女は弱みや涙を見せられない。若い女社長ということで、良くも悪くも注目されているからだ。彼女は絶対に人前では泣かない。負けん気の強い彼女は、涙も抑え込んで耐えて耐えて、一人になった時にやっと泣けるのだという。涙を武器にはしないタイプだった。だからこそ、彼女の涙は強い。正直めんどくさいという気持ちがあることは否定しない。だけど、会社を引っ張っていかねばと、いつも気を張っている彼女がこんなに弱みを見せてくれるのはぼくだけと思っていいだろうか。

付き合い始めた頃、一度だけ彼女を泣かせてしまった。初めて一緒に迎えた朝。

「海外育ちだと、若い時からいろいろ経験してるんでしょ？」

「いろいろって、どういう意味？」

ここで彼女が低い声を出していることに気づけばよかったのに、遊びなんだろうなと思っていたぼくは軽い気持ちで話を続けてしまった。

「ガイジンさんって、大胆な人が多いじゃん」

「じゃあ、今日も遊びってことでいいかな？　お楽しみいただけました？　わたし、そろそろ帰らなきゃだから」

にっこり笑いながらそう言うと、ベッドから立ち上がって身支度を始めた。バスルームで軽く化粧をしたらしい彼女、出てくると笑顔のまま慌ただしく去っていった。

その後、いつものように連絡をして会おうとしても、なかなか会ってもらえず、彼女が最後に言っていたとおり、自分とのことはやっぱり遊びだったんだなと自分を納得させた。お互いのコレクションに一人加わっただけ。

久々に一人でいつもの安居酒屋に行くと、カウンターの隅に案内され、おやっさんが話しかけてきた。

「お前、あの子フったの？」

「えっ、そもそも付き合ってないですもん」

「は？　やっと振り向いてくれそうって言ってたのに？　お前、バカじゃねーの？」

話がかみ合わない。振り向くも何も、遊びだろ？

そこで、おやっさんが彼女から恋愛相談を受けていたことを聞かされる。

「あの子が遊びで付き合うような子に見えるか？　どう見ても、恋愛も含めて真面目なタイプだろ？」

「え、でも海外育ちだし」

「まさかそれ、本人に言ってないだろうな？　お前の言う海外ってそもそもどこの国だよ」

言われて初めて気がついた。海外はいろいろ大胆で進んでるというのはなんとなくイメージとしてあったけれど、たしかに海外ってどこだ？　この国から出たことはないけど、文化や宗教もこの国以上に様々で、きっと価値観もそれぞれ全然違う。彼女の何を見ていたんだろう。海外育ちだからいろいろ進んでいるというのは、自分の勝手なイメージなのかもしれない。そこで、自分が彼女に言ってしまったことを思い出し、青ざめた。連絡をするべきかどうか迷ったけれど、事情を察したおやっさんに諭される。このまま傷つけたままなのは絶対よくない。

［ごめんなさい。］

既読にはなるけれど、なかなか返信は来ない。

翌朝起きると［何がですか？］と返ってきていた。おやっさんの言うとおり、彼女は真面目だった。そのまま無視することだってブロックすることだってできるのに、きっとひと晩悩んで返信してくれたんだろう。

［勝手な思い込みで、あなたを傷つけました。ごめんなさい。許してくれなくて当然です。でも、謝らせてください。］

それから、ぽつりぽつりとやりとりが続いた。返信してから次の返事が来るまでの時間がとても長く感じる。やりとりは一進一退。少しは許してくれただろうかというタイミングで、会いたいとメッセージを送る。送信ボタンがなかなか押せなかった。なのに、送信してひと息つく間もなく、返事はすぐに返ってきた。

［遊びならもう会うのはやめておきましょう。］

冗談じゃない！　今までの自分だったら、こんなめんどくさいやりとり絶対やってない。それなりに遊んで、それなりの経験はひと通りしてきたと思ったけれど、こんなに誰かに対して必死になったのは初めてだった。この人を逃したら、こんな人もう二度と会えない。そんな予感がしていた。頭を振り絞って考える。

おやっさんか友人にお願いして彼女を呼び出してもらおうか。

いや、でも、きっとそんなことしたら他人を巻き込まずに自分で謝りにこいと余計に怒られそうな気がする。

仕事にかこつけて会いに行く？

いや、それはきっと公私混同だと怒られる。

花やケーキを持って謝りに行く？

うん、それもなんだか怒られそうだ。

どうしたらいいんだろう。何をどうやっても怒られる展開しか浮かばない。


だけど、怒らせたのだから、当然と言えば当然だった。悩んだ結果、直球勝負。もう一度謝った。そして、彼女のどこに惹かれたか、そのおかげで自分の視野が広がったこと、感謝、長くなりすぎないように気をつけつつも、なかなかの長文メッセージを送った。

その甲斐あってか、なんとかもう一度会ってくれることになり、顔を見てさらにもう一度謝った。カフェで話をする途中、彼女がわっと泣き出した時には慌てたけれど、それは彼女に言わせると生まれて初めての安堵の涙だった。

「やっと、やっと、私を、見てくれた。うっ。ご、めん。とり、あえず、えっと、chill outさせて?」

「ちるあうと?」

「ええと、うんと、落ち着くから、ちょっと待ってて?」

　目の前で泣く彼女をどうしていいかわからない。触れてしまってもいいのか、ダメなのか。迷いながらも、テーブルクロスを握りしめていた左手にそっと触れてみた。

　泣きやんだ彼女と手を繋ぎ、場所を変えて話を続ける。本当の彼女を見ていない人が多すぎた。ぼくを含め。結果として、彼女は自分を守るために、高い高い壁を作っていた。そして、その壁を越えて彼女の本心に辿り着こうとする人はいなかった。今までは。

　過去の恋愛はいつも上手くいかなかったらしい。海外にいれば、大和撫子は男性を立てるおとなしい女性なはずだというイメージを押しつけられ、国内では、海外育ちで奔放だとか、ハッキリと主張する気が強いタイプというイメージで見られる。彼女はおとなしいタイプではないし、だからと言って奔放なタイプでも決してない。気は強いほうかもしれないけれど、面倒見がよく、誰に対しても誠実だ。

さらに、外国語がペラペラだと、語学が苦手な男性からは生意気だと言われる。母国語以外の環境で数年間暮らしていたせいで、頭の中には複数の言語が共存しているそうで、混ぜて喋るのが一番楽だという。ぼくがとっさの時に方言が出ちゃうようなもんかな。でも、それをやってしまうと気取ってるとか、語学が得意なのを自慢していると言われるらしい。

ぼくもどれだけ壁を越えていけるかわからないけれど、少しでも彼女の本心に近づきたいと思った。だって、こんなに大事に思える人は彼女だけだから。

自分は偏見なんて持っていないタイプだと思っていたけれど、彼女に言わせると、人間誰しも偏見というものを大なり小なり持っているらしい。偏見は無知から生まれる。知らないが故に、自分の持っている情報だけで判断してしまい、偏見が生まれる。ただ、そこで自分が偏見を持っていると気がついて、新しい情報を取り入れて柔軟に考え方を変えるか、それともそのまま先入観や思い込みで判断してしまうか、そこで違いが発生するという。故に彼女は自身が偏見を持っていないタイプだとは言わない。偏見はあるという前提で、いかにそのことに気づき、それをどう変えていくか意識していらしい。自分が偏見を持っているだなんて、考えたこともなかった。当たり前を疑わずに思考停止するのは、差別や偏見の始まりだと言いきる彼女。やっぱり彼女は最高にカッコいい人だった。

紆余曲折あったけれど、公私ともにパートナーとして周囲にも認識されるようになった。数か月前には家族にも紹介してもらった。噂では跡取りの兄や叔父を制して社長を継いだと聞いていたから、ドロドロした家族関係を想像していたけれど、本人たちの話を聞くと事実は全く違っていた。彼女の兄は元々デザイナー志望、叔父は若い彼女を心配して反対していたけれど、最終的には応援すると言って現役を退いた。それが、周りから見ると跡取りを追い出したように見えるらしい。彼女の兄は製品のデザインなどを行いながら、本業以外でもいろいろと活躍していて、叔父はアドバイザーのような立場で彼女の相談に乗りつつも、今までは忙しくてできなかった趣味を楽しんでいるらしい。食卓の横には亡くなったお父さんの写真も飾られていて、その前には赤ワインの小瓶と蕾の混じった小さな花が供えられている。お父さんにも手を合わせてご挨拶をさせてもらう。お父さんが元気だった頃の話をしてくれる彼女のお母さんも優しそうな人だった。ぼくには想像もつかないようなあたたかい家庭だったのだろう。

大切な人が目の前で傷だらけになっていくのと、自分が痛いのはどっちがマシなんやろう。母さんのことを思い出すたびに、このことを考える。そして、やっぱり思う。どっちも嫌や。この先もぼくが至らないせいで、彼女を泣かせてしまうかもしれない。考え方の違いでぶつかることもあるかもしれない。だけど、彼女となら乗り越えていける気がする。

多忙な彼女と、今ではバイトの掛け持ちをやめたのに忙しいままのぼくが珍しく一緒に過ごせる週末。数週間前からいつ言おう、いつ言おうとずっと悩んだ挙句、昨夜言うと決めていたのに言えないまま朝を迎えた。昨夜は緊張と後悔でろくに眠れなかった。いつもどおり午後になったら明日からの仕事に備えるため、彼女は帰ってしまうだろう。手の中に箱を隠し持って、ソファーに座る彼女に近づいていく。自分で思い返してもカッコ悪すぎだが、なんとか絞り出せた言葉は「なんて言うていいかわからへんけど」だった。あかん、カッコ悪すぎる。いまだにとっさの時には方言が出てしまう。母国語だけではなく、さらに少なくとももう二か国語がペラペラに喋れるらしい彼女に気後れしたこともあったが、「これだけたくさんの言語がある世界で、同じ言葉が喋れるなんてラッキーじゃん」と言ってくれたのも彼女だった。愛に言葉はいらないなんて言う人もいるけれど、一緒に生きていくには意思の疎通が不可欠だ。同じ言葉が喋れなかったら、彼女とこんな関係になることなんてできなかった。

箱の中の指輪に視線を向けたままの彼女。

「ねえ、元座敷童候補とだったら、一緒にいたら幸せになれるの？」

「うん、絶対幸せにするから、一緒にいてください」

「そんなの嫌！」

やっぱりプロポーズは断られるのかと思ったけれど、次の彼女の言葉と笑顔は一生忘れない。

「なんで一方通行なのよ。幸せにしてもらうんじゃなくて、お互いを幸せにするの！」

彼女らしい言葉に、ほおーと感心することしかできなかった。

「あ、でもごめん。結婚は無理だ」

「えぇ、なんで？」

思わず情けない声が出る。上げては落とし、上げては落とし、彼女に弄ばれているように感じてしまう。

「だって、この国いまだにどっちかがファミリーネーム変えなきゃでしょ？　登記簿とか株とか全部変えなきゃ」

たしかに。自分が結婚をして姓が変わるなんて想像したこともなかった。無意識のうちに、女性の姓が変わるもんだと思い込んでいた気がする。だけど、彼女もぼくも会社の代表で、名前が変われば膨大な量の書類を変更しないといけない。会社の規模から考えると、ぼくが変えるほうがまだ変更しないといけない書類や、かかる手間や費用も少ないだろう。それでも、男が姓を変えることで周りの人間たちから婿養子だの、逆玉の輿だの、いろいろ言われるのが想像できてしまって、ぼくが変えると言い出すのは躊躇してしまう。でも、彼女は社長として、一族の名前が社名に入った会社を背負っている。結婚ってこんなに会社VS会社の利害が対立するものでしたっけ？

　彼女の会社にも迷惑はかけたくないし、今の名前が彼女の看板でもあるから、それを変えて欲しいだなんてとてもじゃないけど言えない。夫婦別姓に関する裁判のニュースを見たことあるけれど、今まで自分の問題だなんて考えたことすらなかった。

どうして個人的なことで、会社の書類を大量に変更して、手間もお金も気も使わなきゃいけないのだろう。ただ彼女と一緒に幸せになりたいだけなのに。そりゃ裁判も起こしたくなるわ。ほかの社長同士のカップルは、結婚する時には一体どうしてるんだ⁉

頭を抱えるぼくを見て、彼女はいつものようにいたずらっぽく笑う。

「現時点では事実婚が現実的かな。でも、浮気は許さないから！　ねえ、私と法律改正を目指して戦う？　それとも、法律婚かどうかなんて関係ないぐらい幸せになる？」

「じゃあ、両方でお願いします」

「そう来なくっちゃ♪」

一生、彼女には勝てない気がする。きっと、ずっと尻に敷かれっぱなしだ。でも、いいじゃないか。周りがどう言おうと、これがぼくたち二人の関係なんだから。

これからもいっぱい話そう。そして、一番いい方法を一緒に考えよう。

きっと彼女と一緒の人生は、それなりに長いようであっという間だから。

第４話

　少子化に拍車がかかった現代、賛否両論というよりも反対意見がほとんどの中、サキュバスによる代理母とインキュバスによる精子バンクが制度化された。

〝産めよ殖やせよ〟が再び正義となり、子がいないカップルに対しての風当たりが強くなる中、不妊に悩む夫婦、最初からシングルマザーとして子が欲しい女性、自分たちでは産めない同性カップルなど、制度を利用したことをおおっぴらには言いにくい雰囲気ながらも、じわじわと利用者数は増えていった。


　不育症などのカップルの場合、本人たちの卵子と精子を人工授精させたものをサキュバスの子宮で育てれば、遺伝子的には一〇〇％人間が生まれてくる。自分では卵子や精子を作れない人も主に身内などに提供してもらい、人工授精させてサキュバスの子宮で育てることも行われていた。

　数は少ないながらも、人間とインキュバスもしくはサキュバスが番（つが）った場合には、遺伝子的には五〇％ずつのいわゆる半妖が生まれてくる。半妖の場合、見目のいい子どもが生まれると、一部の層には人気があった。

そして、サキュバスとインキュバスが番った場合には必ず一対の双子が生まれ、それぞれがサキュバスとインキュバスとして成長する。自分はサキュバスとインキュバスの間に一人で生まれてきた。多くの妖怪と比べると人間に近い容姿をしているが、人間にしては自分の耳と犬歯は尖っていて、紛れもなくサキュバスとインキュバスの間に生まれた子どもの特徴を示していた。人間の基準から見ると、全員が美形に見えるのも自分たちの特徴のひとつだった。

まれに双子の片割れのみ死産するケースもあり、初めはそのパターンで無事に生まれた片割れのインキュバスかと思われていたけれど、違っていた。自分の身体はインキュバスとサキュバス両方の特徴を持っており、どうやら一〇〇％インキュバスというわけではなく、部分的にサキュバスだとも言えるらしい。どちらだと自覚しているかと問われると、どう答えていいかいまだに自分でもわからない。どちらでもあるが、どちらでもない。そんな中途半端な存在として生きてきた。

サキュバスとインキュバスは対となる存在のため、〝キュバス族〟とまとめて呼ばれることも多い。キュバス族は集まって何度も自分の扱いについて話し合いを繰り返したらしい。それは何年も続いたけれど、その間も自分を手元に置いて育てようと思う者はいなかった。だから自分は物心つく前に施設に預けられた。本来ならば、インキュバスはインキュバスが育て、サキュバスはサキュバスが育てる。似て非なるサキュバスとインキュバス。似て非なる人間とキュバス族。似ているからこそ、両者の違いは余計に際立つのかもしれない。

人間とキュバス族は恋愛に対する考え方が根本的に違う。キュバス族の中では、恋愛とは同族同士でするものというのが一般的な認識だった。つまり、インキュバスはインキュバス同士、サキュバスはサキュバス同士が恋をする。生殖はあくまで生殖であり、恋愛とは全く切り離された行為だった。いわば、生殖を行う相手は子孫を残すという事業のためのビジネスパートナーで、相手を固定せずに生殖を行うことも一般的であった。ほかの妖怪に頼まれて、生殖を手伝うこともあった。そんな種族だから、人間の生殖を手伝うことに対しても抵抗感はさほどないらしく、困っているならお互い様ぐらいの感覚なのだろう。あまり人間に助けてもらっているようには見えないけれど。

人間側から見ると、キュバス族というのは同性愛が当たり前なうえ、恋人以外のパートナーを作り、しかもそのパートナーを固定せずに生殖を行う淫らな存在と映るらしい。でも、キュバス族から見ると、素晴らしい遺伝子を一人だけで独占する一夫一妻制度のほうが野蛮だと映る。恋愛と生殖を一緒くたにするほうがキュバス族の倫理観にはそぐわないらしい。恋愛観はともかく、よりよい子孫を残すためには、多様な遺伝子を掛け合わせたほうが生物学上は合理的だと思うのは、自分もキュバス族の血を引いているからだろうか。

でも、人間同士だっていろいろな文化があるじゃないか。たとえば、妻を複数もてる制度だとか、女性側の一族に男性が通い婚をするとか、兄弟で妻を分け合う風習だとか。きっとそれぞれ、そうなるに至った成り立ちや背景があって、どれも間違っているわけではなく、その状況に合わせた最適解として編み出されたやり方のひとつだろうに。キュバス族の恋愛や生殖の在り方も、そんないろいろな文化のひとつと何が変わらないんだろう。しかし、現実的にはキュバス族は常に迫害されて生きてきた。人間の政府から生殖を手伝って欲しいと依頼があった際に、これで人間ともっと仲良くなれるかもしれないと考えたらしいが、甘かった。一度貼られたレッテルを剝がすのは簡単ではない。

キュバス族だと人間にばれると、それだけで下ネタでもセクハラでもなんでもアリな存在だと思われる。危険を避けるために、キュバス族、特に人間の女性と体格が変わらないサキュバスは、一人での外出は基本的にしない。それでも電車に乗れば痴漢に遭うことはしょっちゅう、街を歩いているだけで下品なことを言われることも日常茶飯事だった。たとえばインキュバスはオネエやオカマだと通りすがりの人にいきなり野次を飛ばされたり、気持ち悪いと殴られたり。サキュバス二人が歩いていると唐突に「どっちが男役?」と聞かれ、「お前ら男のよさがわかってないんだろう。オレが教えてやろうか」と今まで会ったこともない人に言われる。人間の中でも同性愛者とか両性愛者が似たような目に遭っていると聞く。

それでも人間であれば、少なくとも建前上は人権というものがある。ところが、人間に対して行うと当然罪になるようなことも、妖怪相手では罪も軽く、無罪になってしまうことも多かった。人間の法律は妖怪を守ってくれない。共生を目指すには致命的な制度上の欠陥だった。だけど、その問題は今も黙殺されたまま。

特に問題だったのは、キュバス族などの子どもたちに対する行為で、とにかく変質者に狙われやすい。人間と同じく、若すぎる妊娠は決して身体にいいことではない。いくら人間より多産な者が多いと言っても、死産や流産は大人でもあり得ることで、ましてや身体が成長しきっていない段階での妊娠や出産は危険度が跳ね上がる。病院へ行くとしても、人間ではない者を診てくれる病院は限られている。深刻な病気や大怪我で病院に運ばれても人間の患者がいればあと回しで、明らかにこちらのほうが急を要するのに診察してもらえず痛みに苦しみながら力尽きていく妖怪、救急車に乗せてすらもらえない妖怪も多くいるらしい。

だから、ほとんどの妖怪は自衛のために同族同士で固まって住んでいるのだが、同族と離れて育てられ、人間の学校に放り込まれた自分はそのようなことまで考えてくれる人はおらず、幼い頃から自分の身は自分で守るしかなかった。笑顔で話しかけてくる大人は黄信号。物で釣ってくると赤信号。たとえ顔見知りでも、二人きりになろうとする大人は特に危険。男性だけではない、女性にも狙われる。さらに年齢が上がってくると同級生たちも危険な存在となった。自分が育ったこの国の人間社会では、寝た子を起こすなと言って大切なことを教えてくれない。まだまだ寝ていたかったのに、無理矢理叩き起こされた子はどうすればいいのだろう。自分が何をされたかわからないまま、誰にも相談できず、周りが気付いた時にはもう手遅れだったという例も目撃した。

それでも、自分は妖怪だから、それもキュバス族だから、しょうがないと言われる。同級生に何かされて先生に訴えたとしても、君が魅力的だからとか、君のほうが誘ったからじゃないのかとか、そういう存在だからとか、そう言いながらその先生からも襲われそうになる。知らない人にはついていかないと教育はされたけど、知っている人のほうが危ないだなんて、誰も教えてくれなかった。今では身体も大人と変わらないサイズになり、見た目は男寄りだから、子どもの時と比べると狙われにくくなった。腕力でも多少は抵抗できるようになってきた。すると今度は、男のくせにありえないとか、自分だってイイ思いしただろうとニヤニヤしながら決めつけられる。誰かに相談するだけ無駄だと悟った。

幼い頃は逃げる術を知らず、何かされている間、それは自分じゃなくて誰か別の人がされているんだと自分に言い聞かせて生きてきた。もちろん嫌だったけど。今も嫌だけど、慣れたというか、諦めたというか。

そんな散々な目に遭ってきているのに、勝手なイメージでふしだらな存在だと言われる。道徳と倫理を振りかざす人間たちからは蔑まれ、キュバス族の出自は隠すべきだとされる。生殖だなんて大切なことで頼っておきながら、それはないじゃないかと声を大にして言いたい。実際、キュバス族が代理母や精子バンクを始めてから、それまで下がる一方だった出生率はわずかにだが上がってきていた。そもそも道徳や倫理ってなんのためにあるんだろう。世の中を少しでもよくするためにあるんじゃないのか。少しでも幸せな人が増えるようにあるんじゃないのか。それとも、やっぱりすべては多数派のためだけにあるのか。この状況で人間に協力し続けるキュバス族の人たちはどう考えているのか、同族と話すチャンスがあれば聞いてみたいと何度も思った。

だけど、自分の周りには同族が誰もいなかった。最初は人間とキュバス族などの間に生まれた半妖を預かる施設に送られたらしいが、どこの施設もサキュバスなのかインキュバスなのかよくわからない存在の受け入れには難色を示し、物心つく前からたらい回しにされていた。小学校に上がった頃からはなんらかの伝手で座敷童の施設の片隅に置いてもらうようになり、ようやく一か所に定住する生活になった。

半年に一度程度、政府からの担当者が面談にやって来て、いろいろ質問された。どうやら、さらに人間との共存を進めるにはどうしたらよいかというモデルケースにされているようだと気付いたが、学費も出してくれるというので、人間の学校に通った。モルモット扱いだと思いつつ、そこで彼女と出会えたのだから、その点は感謝している。

結局、人間と同じ大学にまで入り、学歴があれば普通の仕事ができるかと就活をしてみたものの、妖怪なうえに性別があやふや。何もかも〝普通〟じゃない自分をわざわざ雇おうとする会社はなかった。届くのはお祈りメールばかり。まれに面接に呼ばれたとしても、興味本位で呼ばれているのがわかってきた。型どおりの質問をいくつかしたと思ったら、あとはセクハラと言えるような質問ばかり。インキュバスならインキュバスの仕事があるでしょうと気持ち悪い笑顔で言われることも多かった。

政府からはインキュバスとしての職に就くようにと再三言われたが、生殖行為をしたいという欲が一切なく、とても精子バンクとしての役割は果たせそうになかった。身体も一部は大人のインキュバスの特徴が、別の部分は大人のサキュバスの特徴が出ていて、自分でも何がなんだかよくわからなかった。心のほうはさらに入り混じっていて、もっとわからない。自分は何のために生まれてきたのだろう。中途半端な自分が嫌でたまらなかった。最後に会った政府の担当者に「要するに役立たずなんです」と言うと、憐れんだような目で、「病院に行きましょう。人間と同じ病院でいいですかね?」と返された。人間の病院が駄目だったら、動物病院にでも首輪をつけて引きずっていく気なんだろうか。

政府の担当者と別れ、予定より早く家に帰ると彼女がドライヤーをかけていた。無表情に見える彼女だけど、鏡越しに見える表情が何かおかしい。どうしたの？　何があったの？　彼女の肩に手をかけた瞬間、突き飛ばされる。まさかそんな反応が返ってくるとは思っていなかったため、身体が反応できなくて尻もちをつく恰好で床に倒れてしまう。上から自分を見下ろす彼女の目は見たことのないような表情で、今まで自分をつまはじきにしてきた人間たちから向けられてきた、蔑むような、もしくは忌避するような目を思い出した。

すぐに我に返った彼女だったが、謝りながらも今度は怯えるような表情をしていて、何があったかわからないけれど、自分が近づいてはいけないことを悟る。その後、仕事があるからと言って家を出ていく彼女。たしか、一泊で帰ってくるはずだ。

けれども、彼女は三日経っても帰ってこなかった。メッセージを入れても反応がなく、何もかも嫌になって、住み慣れた街から逃げ出した。

「もしもし、私、メリーさんの娘。私と組まない？」

冗談なのかどうかわからないことを無表情で言い放つ彼女。それが出会いだった。中学一年の最初の美術の授業。この日の授業は、二人組を作ってお互いをデッサンしろというものだった。自分なりに普通にしていても容姿が目立つ自分のような者には、真正面から視線を向けられ、人間とは違う特徴を強調するように紙の上に写し取られるというデッサンの授業は拷問のようだった。だいたい二人組を作れと言われるといつも余ってきたのに。そういえば彼女、入学式のあとに呼び出された中にもいた。ホームルームで名前を呼ばれた者は講堂へ寄ってから帰るようにと言われ、何事かと思ったら異形届の話だった。

髪や目や皮膚の色が特殊な者、髪にウェーブがかかった者、耳や犬歯が尖っている者。宗教その他の理由でピアスやタトゥーがある者も、もちろん対象だった。

とにかく〝普通〟じゃないと教師が判断した見た目の者が呼び出され、あらかじめ異形届を出し、生まれつきそうだと証明できない場合は〝学生らしい自然な容姿〟という校則の違反になるというのだ。証明するためには十歳より幼い頃の写真と共に、異形届に保護者のサインが必要らしい。それでよく多文化共生を目指す重点校だなんて言えたもんだ。

証明できない場合、髪の毛だったら染めるか、坊主にするか。目にはカラコンでも入れて、耳や歯は整形でもしろと言うのだろうか。人工的に手を加えてまで〝普通〟に近づけた容姿のどこが〝自然〟なのだろう。思春期に変化する場合はどうするのだろう。

大半の生徒が諦めたような表情の中、伸ばしたらアフロヘアになりそうな奇麗なカールがかかった髪の女子が手を挙げて質問を始めた。

「小さい頃の写真がない場合はどうなりますか？　火事で焼けてしまったんです」

先生は家に帰って何かしら探すようにと言う。親が外国人ならば、両親の写真を出すようにと。

「九歳まで別の国で育ちました。でも、空襲で家も家族も焼けました。おばが養子として引き取ってくれました。もともと母がこの国の出身なので、私もこの国の国籍があります。この国に来た時にはもう十歳でした」

恐らく先生の想定していたレベルの返答を大きく超えていたのだろう。前例がないと言いながら、職員会議で決めるから、それまでにとにかく写真を探してみろとなおも言う。きっと家族の写真が残っていたらどんなにいいかと誰よりも思っているのは本人だろうに。探しにいくことすらもうできない写真を探してみろだなんて、なんて残酷な。どうなるかと心配したけれど、その子も諦めたのか、おばたちに相談してみると言ってうつむいた。

入学式の日からそんな光景を目の当たりにして、自分がこのままこの学校で六年間もやっていけるかと不安は募るばかりだった。異形届の対象者として呼ばれた者は、翌日から周りの者からも好奇の目を向けられた。ある意味では慣れた視線ではある。人間の学校に入れられたけれど、ほかに同族はおらず、周りからはいつも遠巻きに見られていた。だから、そんな自分に積極的に声をかけてくるなんて、彼女も変質者と同じように自分を狙っているのか、何か別の目的があるのかと、最初は警戒した。その後、ぱっと見は人間にも見える彼女だったけれど、メリーさんの娘として自分と似たような経験をしてきたことがわかった。そんな二人が意気投合しないわけがなかった。

今まで誰にも心を開いたことなんてなかったけれど、それは彼女も同じで、放課後の音楽室で、公園で、少しずつお互いを知り合って、知れば知るほどにまるで水や空気のような存在で、一緒にいるのが自然なことだと思えてきた。それでも、さすがに自分の身体や心のことを打ち明けるのは怖かった。

「あのさ」

「ん？」

「この身体のことなんだけど、さ」

生い立ちのこと、中途半端な身体の性別のこと、バラバラな心の性別のこと、つっかえながら話す自分を、いつもと同じ無表情に見えながら実は表情豊かな大きな目で頷きながら聞いてくれた。

「ふーん。そうなんだ。性別がどっちでも、中途半端でも、人間でもそうじゃなくても、あなたがあなたならそれでいい。周りにどう言われようと、私が一緒にいたいから一緒にいる」

彼女にはっきりとそう言ってもらい、肩の力が抜けた。話している間、自分の身体が強張っていたことに改めて気付く。でも、彼女がそう言うなら本当にそうなんだ。一緒に過ごすうちに、無表情無感情に見える彼女がそうではないこともわかっていた。決してお世辞は言わないし、本音しか言わない。顔の表情はほぼ動かないけれど、内に秘めた感情は激しくて、よく見ると目だけはいつも豊かに語っていた。

「あの二人、遠くから見る分には美男美女カップルなのにね」
「まあでも、人間じゃないもん同士でナイスカッポーでしょ」

常に一緒にいる彼女と自分は周りからはカップルと思われているようで、周りは相変わらず遠巻きに見ながら好き勝手言っていた。彼女も自分も女子のグループにも男子のグループにも入れない。でも、群れを作る必要性を一切感じなかったので、二人でいられれば、どうでもよかった。

自分は人間ほど頻繁には排泄を必要としない種族だから学校のトイレに行く必要はそこまでないものの、苦痛なのは体育の時間。性別で分けられていて、自分は問答無用で男子に分類されているので、着替えて授業が終わってまた着替えるまでは彼女と離れ離れ。その時を狙ってくるうるさいやつらがいる。

「オカマちゃん、元気ー？」「普段あの人形みたいなやつといるけど、お前本当は男が好きなんだろ？　いい加減認めろよー」「オネエってやつ？　タイプはどういう人ですかー？」「こわー、俺たちを襲うなよ」「襲う側ならまだありだけどな」「あ、たしかにイケるかも」「え、お前らそういう趣味？　っつーか、想像するだけできもちわりー！」

　毎回のように誤解に溢れた下品な言葉が投げつけられる。いつもだいたい同じやつらがニヤニヤしながら同じようなことを言ってくるけれど、絶対に答えてなんかやらない。何が楽しいんだか。よく飽きないもんだ。性的指向だとか、性自認だとか、半陰陽だとか、そういう話をしても聞く耳を持ってくれるようにも、少しでも理解してくれようとする心を持っているようにも思えないので、いつも無視していた。今のところ口でいろいろ言ってくるだけで、物理的に手を出してくる感じはなかったから、まだマシだと考えるようにしていた。

　自分は性別という考え方が自分の中で希薄なせいか、恋愛感情はどんな性別にでも抱ける気がする。まだ実際に恋愛したことないから、性的指向だか、性的嗜好だか、正直自分でもよくわからないけれど。でも、それは誰でもいいというわけではなく、性別にこだわらないとしても、ストライクゾーンはきっとめちゃめちゃ狭い。だいたい、自分の種族やあやふやな性別に理解を示してくれる人以外と一緒にいられるわけがない。女性を恋愛対象とする男性が、女性とみれば誰彼構わず襲ったりしないように、同性愛者だからって同性を見たら誰でも襲うわけではないのに。誰彼構わず襲っていたら、それは性別を問わず犯罪だ。同性愛者だからと言ってすべての同性が対象になるわけではないし、両性愛者だからってすべての人間が対象になるわけではない。こっちにだって相手を選ぶ権利がある。なんでそんな当たり前のことがわからないのだろう。ついでに言わせてもらうと、こんなやつら、もちろん全員タイプじゃない。

学校では問答無用で男子に分類されていたので、選ぶ余地もなく学校指定の制服を着ていたけれど、男子の制服には違和感しかなく、せめて私服は中性的なものを選んでいた。女子の服を買うお金も着る勇気もなく、いつもうらやましいと思いながら、かわいいお洋服を着て歩いている女の子たちを横目に見ていた。

「これ、着てみる？　別に今のままでも全然いいけど」

女子の服が着たいなんて一度も口にしたことはなかったのに、いつものように一緒に勉強するために待ち合わせをした週末、彼女は自分の服を持ってきてくれた。彼女は生きたフランス人形と周りに言われるだけあってかなり華奢なタイプだったが、自分も細身だったので、自分が着られそうなデザインとサイズの服を見繕って持ってきてくれていた。メイク道具も貸してもらい、初めてアイラインを引いた時には手が震えて上手く引けなかったけれど、彼女に手伝ってもらいながら毎週のように練習しているうちに、だんだんとコツがつかめてきた。なんで性別で服装が分かれているんだろう。そんなこと気にせずに、自分に似合うもの、着たいものが着られたら幸せなのに。

あの日も彼女の母親が研修のために一週間の出張で遠方へ行くということで、その隙に家にお邪魔していた。彼女のクローゼットを使って、二人だけのファッションショー。

いつものように隣の部屋を借りて着替えを終えて、彼女の部屋のドアを開けた瞬間、天井からぶら下がったランプが微かにゆらゆら揺れているのが見えた。自分の身体がビクッと動いたことに驚きながら、遅れて頭が思い出す。幼い頃に経験した揺れとはちょっと違う気もするけれど、これは地震だ。身構えると同時に世界が大きく揺れ、戸が開いた棚から大量のコスメが降ってくるのが見えた時には身体が勝手に動いていた。揺れていると認識することすらできないような激しい揺れの中、自分でもどうやって動けたか今でも不思議だけど、とっさに彼女の上に覆いかぶさる。背中や後頭部にコスメや本が降ってきて痛かったけれど、とにかく彼女を守ることしか頭になかった。それから彼女と二人きりで過ごした三日間。捻った足首がズキズキとしたけれど、彼女には心配をかけたくなくて、何も言わなかった。痛くても、彼女が無事だったんならそれでいい。こんなに痛みが嬉しかったのは、一緒にピアスを開けて以来だった。

中学三年の夏休み。彼女と自分でお互いの鼻にピアスを開けた。まずは自分の鼻。鼻に入るように改造したピアッサーを使っても鼻の軟骨は分厚くてかなり固い。彼女の握力だけでは難しく、お互いに開けたと言っても彼女は手を添える程度だったけれど、数分かかってなんとか貫通した。ジーンとした痛みと熱が鼻から顔中へと広がる。続いて、彼女の鼻。鏡のように左右反転させた同じ位置に開けると決めていた。だけど、生まれて初めて開けたピアスは思っていた以上に痛かった。これを彼女にも経験させてしまっていいのか。躊躇している自分を見て取った彼女に「弱虫」と至近距離の上目遣いで言われて、ドキッとした。彼女の人形のような整った顔に針を突き刺すなんて生まれて初めて許されないことをしている気持ちになってくる。だけどそのまま無言でこちらを覗き込む彼女の視線に負けた。腹をくくって、できるだけ痛い思いをさせないようにとひと思いに握り込む。バチンと音がして、涙目になった彼女を前にすると、自分が泣かせたという罪悪感が湧いてきた。それでも、彼女と同じ位置におそろいの証を残せる嬉しさが勝った。

高等部に進級する際に内部受験がある。希望しているクラスに入るため、内申を気にしてみんなおとなしくしている時期だった。クラス分けは進学にも大きく関係してくる。ピアスはもちろん校則で禁止されていたけれど、先生がチェックしているのは耳。学校にいる間は目立たない長さに切った透明なピアスを入れ、何か言われてもニキビをつぶしてしまったと言い張ろうとあらかじめ相談していた。先生たちも内申を気にする時期にまさか鼻にピアスを開けてくるやつらがいるなんて思わないだろうという自分たちの目論見どおりだったのか、バレていないながらも自分たちがアンタッチャブルだと思われていたのか、特に何も言われずに卒業を迎えた。

結局六年間ずっと同じクラスだった。彼女の成績だったらもっと上の大学を目指すクラスにも入れたはずなのに。勉強は彼女に教えてもらい、なんとか同じ大学に入ったものの、専攻が違うので常に一緒という訳にもいかない。二十歳でホームを卒業しないといけないのはわかっていたから、バイトもしないと生活していけない。いろいろ話し合ってホームを出なきゃいけないタイミングで彼女と一緒に部屋を借りることになり、彼女の父親からの仕送りにも助けられた。大学に入ってから、最初はバイト感覚で雑誌のモデルを始めた彼女。次第にテレビにも出るようになり、数年経った今では、コンビニや本屋に行けば少なくとも一冊は彼女が表紙にいて、テレビをつければＣＭやドラマで一日に一度は見かけるような状態だった。

毎週土曜日、二十六時頃というか、日曜日。いつも変わらずひと言だけのメッセージ。彼女の元を逃げ出してからしばらくすると、必ず毎週同じタイミングで届くようになった。どう返信していいか悩み続けているうちに、また次の週に同じメッセージが来る。既読がつくから、読んでいるのは伝わっているはず。どんなつもりでそのメッセージを送ってきているのかよくわからない。本人に聞くのが一番手っ取り早いのはわかっているけれど、何も返信できないままタイミングを失って今まで来てしまった。そもそも、彼女を置いて逃げ出した自分が、彼女に受け入れてもらえるんだろうか。もう取り返しがつかない。だけど、置いていくなんて、絶対にしてはいけないことだった。どれだけ彼女を傷つけたか考えると、許される気がしない。あの日、持ってきてしまった二人で住んでいた部屋の鍵は、ネックレスにして常に首からぶら下げている。でも、とっくに引っ越してしまっていても不思議ではない。鍵なんてとっくに変わっていて、全然知らない人が部屋から出てくるかもしれないと考えると、怖くて帰れなかった。

結局、あの日彼女に拒絶されたと感じた自分は、逃げるようにではなく、本当に逃げた。たまたま来た列車に乗り、何時間もかけて終点に到着する。交通カードの残高を超えていて、乗り越し精算をすると財布には帰るだけの金額がもう残っていないことに気が付いた。改札を出て、土地勘も全くない場所を行く当てもなく歩き回る。所持金もほとんどなく、夜を明かす場所を探すうちに、公園に行き着いた。真夜中の公園は人影がなく、普段だったら襲われるのを警戒して絶対に近づかないけれど、ほかに行く場所も、行ける場所を探す余力もなかった。それから数日は近くに見つけたスーパーで、閉店間際の半額になったおにぎりでしのいだけれど、お金も底をついて、そのあとに口にしたのは公園の水道水のみ。最初のうちは、昼間は日が当たって暖かい東屋のベンチで過ごして、夜は遊具の中に隠れていたけれど、昨日ぐらいから遊具の中へと移動する気力もなくなり、このまま野垂れ死にするのかとぼんやり思った。

「あなたもキュバスだよね？」

お腹がすいたのを通り越して、返事をする気力すらない。込み上げてくる胃酸の臭いで吐きそうになるのを我慢しながら、声がしたほうへとなんとか目線だけを向ける。逆光の中で小柄な女性と、少しがっしりした男性がこちらを覗き込んでいるようだった。

「口は堅いほうってことでいいよね？」

一緒においでと言われたかと思うと、身体が持ち上げられ、いわゆるお姫様抱っこの状態でそのまま運ばれる。抵抗しなきゃと思っても、そんな力はどこにも残っていなかった。


「おはよう。夜だけど」

ソファーの上で毛布に包まっている自分に気付く。

「重湯なら食べれるかい？　ゼリーのほうがいい？　あ、まずはお水ね。飲む前にゆすぐ？」

渡されるコップと洗面器。さらにお盆の上に用意された食事と飲み物。一瞬警戒したけれど、お盆を持ったままにこにこと笑うお姉さんに促され、ゆっくりと身体を起こし、うがいをして、ほどよい温かさの重湯をいただく。

「身体に悪いからゆっくり食べるんだよー」

そう言いながら、別のソファーに座ってにこにこしている。

「じゃあ、次はさっぱりしようか。シャワー浴びれる？　きつかったら蒸しタオルで拭くだけにしとく？」

はっと気付く。そう言えば何日もお風呂に入っていない。ソファーや毛布を汚してしまった。

「心配いりません。洗えば大丈夫」

思わぬ方向から低い声がしてびっくりして振り向くと、自分を抱えて運んできたらしい男性と目が合う。

「もー、ほらー、存在感ないからびっくりさせちゃってるじゃん。ごめんね、この人あんまり喋らないから、急に喋るとびっくりするよね。ってか、ごめんね。勝手に着替えさせちゃっていいかわからなくて」

困り顔から笑顔に戻ったお姉さんに案内され、タオルと着替えまで用意された状態でバスルームへと送り込まれる。身体はしんどかったけれど、これ以上迷惑かけないように汚れを落とさなきゃと気力を振り絞る。汗と汚れでべたついた髪の毛は、五回目のシャンプーでやっとまともに泡が立った。身体も念入りに洗って、ぬるめに入れられたお湯に浸からせてもらう。シーンとしたお風呂場の中、彼女のことを思い出して泣きそうになる。逃げ出してきてしまった。数日前にスマホの電池が切れてから、日付の感覚がなく、あれから何日経ったのかわからない。今から帰ったら受け入れてくれるだろうか。でも、また拒絶されてしまったらどうしよう。今日はなんだか親切そうな人に拾われたけれど、何が目的かわからないから警戒したほうがいい。ここも早めに出ていかないと。いろいろ考えながらお風呂から上がると、ソファーのカバーが替えられていて、さっきとは違う毛布が用意されていた。

「ごめんね、ソファーしかないんだけど、今夜はここで休んでね。さっきまで着てたお洋服は今洗濯機で回してるから、明日には乾くと思うよ」

笑顔でそう言われると素直に従う気になってくる。これがサキュバスの誘惑の力なのだろうか。警戒しなきゃと思いつつ、これまでの数日の野宿と飢えで疲れきっていたせいか、あっという間に眠りに落ちた。

「今度こそおはよう」

美味しそうな香りで目が覚めると、お粥が用意されていた。数日ぶりに栄養を摂って、熟睡できたおかげで、身体はだいぶ軽くなっていた。

「何日か食べてないなら、胃の負担にならないほうがいいかなと思って。あ、でも食べられそうなら柔らかいパンとかフルーツもあるよ。あとねー、ゼリーとかヨーグルトとか。ちょっと食べてみて無理だったら、残していいからね」

三人で食卓に着く。他愛のない雑談というより、一人でいろいろ喋るお姉さんと、合間に短く相槌を打つお兄さん。全員が食べ終わると、食後の飲み物として温かいハーブティーが用意され、三人でソファーへ移動する。

「実はね、あなたが公園にいるのは数日前から知ってたの。声かけようかどうか迷ってたんだけど、昨日は本当に調子悪そうだから勝手に連れてきちゃって。ごめんね。もっと早く声かけたらよかったよね。ほんとごめん」

昨夜から何度もごめんねと言われるが、このお姉さんは何も悪いことをしていない。むしろ助けてもらって、お礼や謝罪を言うのはこちらだ。

「ところで、誰かに追われてたりする？　だったら逃げるの手伝うけど？」

「追われてはないと思います」

「ならよかった。じゃあ、行くところないんだったら、うちで働かない？」

突然の申し出にびっくりしていると、彼女が語りだした。

「あなたもキュバス族だよね？　インキュバスで合ってる？　実は私たちも見てのとおり、キュバスなんだけど、訳ありというかなんというか。ね？」

ソファーに隣同士に腰かけた二人が目線で会話する様子を見て、二人はカップルなのだと直感的に理解できた。キュバス族が異性同士で恋愛することがあるのかと驚いたけれど、なんとなく二人の間にある空気は優しく温かい感じだった。

「お似合いのカップルだと思います」

パーッと笑顔になるお姉さん。無表情に見えるお兄さんもなんだか微笑んでいる気がする。

「やっぱわかっちゃうか。でも、ありがとう！　同じキュバスの子に言ってもらったのは初めてだな。実はね……」

お姉さんの話によると、サキュバスとインキュバスで恋に落ちた二人だったが、キュバス族のコミュニティーの中でそれはご法度。生殖と恋愛が完全に切り離された世界において、恋愛は同性同士でするのが当たり前。そんな世界で異性同士恋に落ちた二人。ある日、隠れてキスをしているところをほかのサキュバスに見られ、そのまま監禁するように隔離されたらしい。キスはキュバス族にとって、一番強い愛情表現らしいというのはなんとなく知っていた。

「いやー、さすがに辛かった。昨日までそれなりに仲良く暮らしていたみんなに気持ち悪いとか変態とか言われてさ。そのまま部屋に閉じ込められてもう二度と彼と会うなと言われた時はどうしようかと思ったよ。あんなに意識が薄れたのは初めてで、そのまま消えちゃうかと思った」

少し茶化したような口調で喋っているが、後半は声が震えていた。きっと今言わなかったこともいろいろあったのだろう。一度そうなってしまうと、そこにはもういられない。数日後、数少ない協力者のおかげで、監視の目をかいくぐって窓から逃げ出し、こっそりと迎えにきたお兄さんといくつかの荷物だけを持って駆け落ちのようにここへ流れ着いたらしい。涙目になりながら話すお姉さんの手を握り、優しくなで続けるお兄さん。何気ない仕草にも互いを思いやっている様子が滲み出ていて、うらやましく思ってしまった。

いろいろと話してくれたお姉さんたちに、自分の生い立ちも話す。性別があやふやで生まれてきたこと。そのせいで同族が周りにいない環境の施設に預けられ、キュバスらしい育ち方をしていないこと。
「そっかー。そういうパターンもあるのね。何も悪いことしてないのに、お互い大変だったね。性別は自分で選んでるわけでもないし、わたしたちだって自然と好きになった相手が異性だっただけだし」
行き倒れていた理由は聞かれなかった。

二人の家は店の上階にあった。そのまま階下の店を案内してもらう。不思議な店だった。エントランスの孔雀がモチーフになったドアを開けると、天井からたくさんの鳥籠がぶら下げられていた。中身は空っぽの鳥籠の下を通り抜けて、薄暗い店内に入ると小さなステージがあって、大きなバーカウンターの後ろには透明の棚が並んでいた。店内の至るところにはキャンドルとひらひらとした奇麗な魚が一匹ずつ入ったコップが置かれている。厨房の横を通りながら裏の更衣室に入ると、店内よりは少し現実感のあるインテリアだったが、それでもバニーやらチャイナドレスやら、いろいろな衣装を見ていると不思議な感じがした。こういう衣装はテレビとかでは見たことがあったけれど、こんなに間近で見るのは初めてかもしれない。

「ねえ、さっき性別があやふやって言ってたけど、どの性別が居心地いい？」

「ん～」

難しい質問だ。今まで基本的には男子の格好ですごしてきたし、周りにもそう扱われてきた。でも女の子の恰好をしている時は、それはそれで自然な気がしていた。悩む自分を見て、お姉さんはあっさり言った。

「どれもって回答もありなんじゃない？　更衣室、一応性別で分けてんだけど、試着室みたいなカーテンつけるから、その中で着替えたらいいよー。みんなのお着替えにもプライバシーはもうちょい必要かなって思ってたから、ちょうどいいや。ところで、男女どっちの洋服でも着られる？」

「はい。あ、左半分は女で右半分が男とかは無理ですけど」

「あはは！　そこまでは求めてないから安心して。どの衣装も絶対決まるよ！　スレンダーで美脚な子探してたんだよね。男女両方欲しかったんだけど、一人で二役分できるなんて、最強！」

あっさりと仕事が決まった。彼女は店長としてこの店とケータリングのサービスを仕切っていた。お兄さんのほうは主にバーテンダーをしながら、彼女のサポートをしているらしく、店ではマスターと呼ばれているそうだ。店は完全予約制で招待状がないと入れず、世間には大っぴらに言えないような集まりにもよく使われるとのことだった。秘密厳守が売りのため、やって来るのは政治家や芸能人、裏の世界の人。あまりテレビを見ない自分でも有名だとひと目でわかる人も多いと働くうちにわかった。ケータリングもそのような人たちの間に口コミで広がっており、近辺のいろいろな場所へ呼ばれて食事を提供していた。

続いて、同僚を紹介される。ダボッとしたジャージを着た男性はどこからどう見てもそう見えないけれど、吸血鬼とのことだった。太陽大好きで血が苦手。その彼女と紹介されたのが、ハワイアンガール風だけど雪女。二人とも日焼けしたいのにできないのが悩みで、普段はブロンズ肌に見えるようにファンデーションを塗っているらしい。ほかにも入口のセキュリティーチェックを担当しているフランケンシュタインやキョンシー、料理長兼パティシエの小豆洗い、何人かの妖怪を紹介されたが、全員が一般的に知られているその妖怪の特徴とは何かが違っていた。

その日から店に出ようとしたが、店長に止められて、まずは身体を休めてからだと言われた。三日後には、寝具も家具もひと通りそろった状態の近くのアパートに寮として入居させてもらい、何もかも用意された状態で新しい生活がスタートした。寮とは呼んでいるものの、一人一部屋の個室なのにびっくりした。今までずっと誰かと一緒に住んでいたから、ミニキッチンにバス、トイレ、すべて独り占めできる生活は初めてかもしれない。二段ベッドがずらっと並んだ集団寮を想像していたのに。カップルや家族向けの部屋もあるらしい。

店長によると、バックグラウンドも生活習慣も多種多様な妖怪たちが仲良くすごすためにもプライバシーが大事らしい。お互いを尊重するためにも、別々の時間も必要。べったり一緒にいるだけが仲良しじゃないでしょ。だそうだ。アパートはオーナーが何棟か丸ごと所有しているので、系列店の店員たちも入居していて、所属する店によっても生活時間が違ってくるから、自分のペースで暮らせるのはありがたかった。寮費は給料から天引きで、相場を考えると格安だったけれど、働き始めた日から日割りでいいと言われた。

偶然辿り着いた公園は、妖怪が多く住み着いて人間にはスラムと呼ばれている一角のど真ん中にあり、アパートの近辺も住民は妖怪がほとんどだった。店は人間たちの街との境界に面して建っている。生活に必要な店や施設はこの一角にほとんど揃っており、普段はこの地域のみで生活することも可能だった。今まで街を歩いていると、人間たちにいろいろ言われたりされたりしてきたけれど、妖怪たちからそういうことをされたことはほとんどなく、こんなに平和に街を歩けるのも生まれて初めてだった。

待遇のよすぎる居候状態に心苦しく思い始めた頃、やっと働いてもいいと店長からの許可が出た。最初に担当させてもらったのが、お客様のご案内。エントランスでの招待状のチェックを通過した客を、店内まで誘導する係だった。客層に合わせてその日の衣装が変わる。ウェイターっぽい恰好の日もあれば、チャイナドレスの日もあり、いろいろな服が着られるのは楽しかった。衣装はすべて小人が作ってくれていて、相談すると微調整やリメイクもしてくれた。もともと靴を作る種族だったらしいが、和裁を習いたいと海を越えてやってきたらしい。

ヒールも初めて履いた。彼女の服を借りてメイクをすることはあっても、さすがに靴のサイズは違っていたので、足元はローファーやシンプルなサンダルだった。彼女の足のサイズと自分の足のサイズは三センチ以上違う。身長も頭一個分は違う。彼女は小柄で華奢で、なのに柔らかそうで、それに引き換え自分は、華奢とは言われるものの筋肉質で、短髪にして男の服を着ていると男にしか見えない。彼女はたとえ髪を短くしたとしても、男の服を着たとしてもどこからどう見ても女の子。この違いはどこから来るのだろう。ないものねだりなのはわかっているけれど、それでも中途半端な自分と違う可愛らしさが、うらやましくてうらやましくて仕方なかった。

最初に十センチのヒールを履いた時は、こんなもの履いて歩くなんて、人間業じゃないと思った。いや、自分は妖怪だけど。でも、高くなればなるほど、自信が湧いてくるような気がして、靴ひとつでここまで気持ちが変わるのは不思議な感覚だった。普段は店内を歩き回るので、五センチぐらいのヒールが太めの安定した靴を選んでいたけれど、いつかもっと高いヒールで歩き回ってみたいと、店長に教わった練習方法で足を鍛えた。ヒールを履くにも努力がいるのだ。

徐々にできる仕事も増えていく。最初はエントランスから店内への案内だけだったけれど、給仕やバーの手伝いなども少しずつ教えてもらう。組み合わせが無限大にあるようにも思えるカクテルの種類を覚えるのは面白かった。少ない人数で店を効率的に回すには、一人で何役もできる人が重宝される。

日によってはかなり露出度の高い恰好をすることもある。網タイツを初めて穿いた時は、なんとも言えない不思議な感覚だった。穿いているのに穿いていないというか。店長は嫌だったらちゃんと断ってねと言うけれど、別に見られるだけならさほど抵抗感もなかった。

けれど、露出度の高い恰好をしていると、何か勘違いされるのか、酔って気が大きくなっているのか、禁止されているお触りを悪びれることなくしてくるやつもいた。店長たちには言わずに躱そうとしていたけれど、いつも店長かマスターかほかの同僚がさり気なく助け出してくれたり、時には常連さんが窘めてくれたりした。だけど、その日はケータリングが二か所重なって、外部へ出ているスタッフが多いせいでいつもより店内のスタッフが少なく、客もしつこかった。壁際へと追い詰められ、網タイツ越しに太ももを撫でまわされる。このあと、店の外に一緒に行こうと誘われ、「こんな仕事してるんだからいいだろう?」とか耳元でなにやらごちゃごちゃ言われるけれど、酒臭い生暖かい吐息と頬に飛んできた唾がひたすら気持ち悪いだけだった。こんな仕事って、どんな仕事だよ。どうやって逃げようか考えていると、オヤジの背後から声がした。

「お客様。うちの子たち、身も心も壊れものなので、優しく扱ってくださいね」

店長はそう言いながら、自分の太ももを這いずり回っていたオヤジの手を包み込むようにして引き寄せる。流れるような動作で手を引っ張られ、自分のほうを向いていたオヤジの身体は抵抗せずに店長のほうを向く。店長は笑顔だけど、目が笑っていない。

「ドリンクが立て込んでるから、マスターの手伝いお願いね」

バーカウンターに入れという意味だった。助けてくれた店長を置いていっていいのか迷ったけれど、きっと店長には何か考えがあるのだろう。返事をして、オヤジの手に店長の尖った爪が食い込んでいるのを横目に見ながら、その場を離れた。

バーカウンターに入ると、すかさずマスターが話しかけてくる。

「次の作業、うちでおつまみを三～四人分作っておいてください。店長が好きそうなやつで二～三種類。たぶん、あと二時間ぐらいで店長も上がるので、それまでにお願いします。その分のお給料はもちろん出しますので。フロアはもう落ち着く時間なので、もう着替えてもらって大丈夫ですよ。キッチンのものは食材も自由に使ってください。よかったら料理する前にお風呂も使ってくださいね。タオルはわかりますよね？部屋の鍵はこちらです。中からもちゃんと鍵かけてくださいね」

マスターは普段あまり喋らないけれど、指示はいつも的確でわかりやすかった。表情で心配してくれているのがわかる。ロッカーに入れた自分の着替えを持って、店の上にある店長とマスターの部屋へと向かう。シャワーを浴びさせてもらうと、気持ちがだいぶ落ち着いた。そして、指示されたとおりおつまみに取り掛かる。あまり手際がいいほうではないけれど、冷蔵庫の中身と相談しながら、スマホで検索をして、モッツァレラチーズとトマトを切ってバジルソースで和えたもの、キャベツとズッキーニにアンチョビソースをかけてトースターで焼いたもの、チータラをクッキングシートに載せてレンチンしたものを下準備まで終わらせ、店長が帰ってきたらいつでも仕上げられるようにスタンバイする。

マスターの言ったとおり、二時間ちょっとで店長が帰ってきた。

「今日はありがとうございました。あのあと店長は大丈夫でした？」

「大丈夫！　手練手管ってやつ？」

いや、小首を傾げてかわいらしくそう言われましても、オヤジの手に爪食い込ませてましたよねと言いたくなるが、助けてもらった手前、その言葉は飲み込む。

シャワーを浴びて楽な恰好に着替えた店長にワインを勧められて、一緒に飲み始める。おつまみを頼まれたのはこのためか。

「ごめんね！　嫌な思いさせちゃってほんとごめん!!　あのオヤジ許せない！　うちの子にあんなことするなんて！　うちの子たちは動く芸術品なの!!　超絶貴重品なの!!　本人の同意なく触っていいもんじゃないの!!　店外に連れ出すなんて論外っ!!」

たしかに気持ち悪かったけれど、店長が怒りまくっているのを見て、自分の怒りはどこかへ行ってしまった。それよりも自分のためにここまで怒ってくれる人がいることに驚いた。

ワインを一本空けても店長の怒りは収まらなかった。それどころかヒートアップしているようにも見える。

「もー！　あんなやつ！　あんなやつ!!　あんなやつ!!!」

そのあとは具体的にどこの海に沈めてやるだの、山に埋めてやるだの、物騒な言葉が続く。もしかして店長、怒り上戸なのか。

「この世に恥ずかしい仕事なんてないと思うのよ。あるとしたらひとつ、他人を搾取して不幸のどん底に陥れてるのに自分は肥え太るやつ！　みんな自分自身が商品なの。

時間を売るか、才能やスキルを売るか、体力や身体を売るか。貴重なものを提供できる人ほど高いお金をもらうのは当たり前。需要と供給ってやつでしょ。で、何を売るかは自分で決めるべきなの！　だから、本人が同意していないのに触るのは、泥棒と一緒なのー!!」

店長のその言葉は強く印象に残った。自分が売れるものって、なんだろう。

しばらくして、ケータリングから戻ったBボーイなヴァンパイアも加わる。少しトーンダウンしたものの、思い出すと怒りが再燃するようで、店長の頭の中であのオヤジが様々な手段で二十回ほど殺された頃、マスターも帰ってきた。店長の横のソファーの定位置に座ると、店長がすかさず抱きつく。

「ねー、ほめてほめてー。今日はキレなかったー」

爪、バリバリ食い込んでましたけどね！　とまたしても思ったが、やっぱり黙っておく。偉い偉いと頭を撫でるマスター。飼い主に戯れる猫のように甘える店長。実は甘え上戸でもあるのかもしれない。きっと相手はマスター限定で。

「さすがっす店長！　ところで店長とマスターってどうやって出逢ったんでしたっけ？」

Bボーイが必死で目で合図してくるので、その話題に乗る。

「聞きたいです。どうやったらそんなにラブラブなカップルになれるんですか？」

店長は引き続きマスターに甘えつつ、惚気まくってくれた。店長の前の飲み物はマスターから目で合図を受けたBボーイによって、さり気なくノンアルコールに換えられている。顔色ひとつ変えずに聞いているように見えるマスターだけど、どこか遠くを見ているようにも見えた。あんなに目の前で惚気られてもその場に留まれるマスターはすごい。自分だったら照れてしまって、とてもじゃないけどその場に居続けられないだろう。これが大人の余裕ってやつなのか。

そして、店長が寝落ちしたところで、マスターに帰宅していいと告げられた。店長がしばらく離してくれないだろうから、戸締りして鍵はポストに入れておくよう頼まれる。店長が目覚めるまで、抱き付かれたままのマスターは動けないんじゃないだろうか。力持ちのマスターだけど、あの体勢だとそうそう逃げられない気もする。「今日は大変だったでしょう。帰って休んでください。明日も出勤でしょう。店長の扱いなら慣れてるから大丈夫ですよ」と言う苦労人なマスターの無事を祈りながら、Bボーイと一緒に帰路につく。この辺りは妖怪だらけだからそんなに心配はいらないのに、同じアパートに住んでいるから、ついでだと言って部屋の前まで送ってくれるらしい。嫌なことがあっても、こうして守ってくれる仲間がこんなに周りにいるのは初めてだった。心配をかけたくなくて、彼女には嫌なことがあってもあまり話すことはなかった。

帰り道、自分が来る前の話をしてくれるBボーイ。彼の恋人の雪女にも今日の自分と同じようなことがあり、その時は店長がブチ切れて大変だったらしい。マスターが身体を張って止めていなかったら、血の雨が降るところだったという。相手は病院送り。店長が我に返ったのは、止めようとしたマスターが流血したからで、そうじゃなかったら相手が死んでたかもと言うBボーイはとても遠い目をしていた。

普段はマスターを尻に敷いているようにしか見えない店長だが、縁の下の力持ちなマスターがいなかったら、店は回らなくなるだろう。店長をこれ以上ないぐらい強力に支えているのはマスターだ。店長もそれがわかっているから、安心して全力で動き回れる。

店長はサキュバスとしての常識を、マスターはインキュバスとしての常識を折に触れて話してくれた。おかげで、同族と離れて育ったせいで欠けていた常識を、少しずつ知ることができた。親というものが自分にはよくわからなかったけれど、今ではこの二人が自分にとっての親のような存在だった。インキュバス勝りと言われる店長と、その穏やかな物腰からかサキュっぽいなんて言われるマスターだけど、そばで見れば見るほど、バランスが取れた理想のカップルに見える。お互いを信頼し合っているかららこそ、適材適所で支え合うことができる。比翼連理ってきっとこういうカップルを言うのだろう。もし自分が誰かと一緒に歩いていくことができるならば、この二人のようになりたいと思った。

「もう大丈夫か？」
「うん。ありがと。ちょっと触られたぐらいだから、別に平気。犬にでも噛まれたと思ってって言うじゃん？」

苦い顔をするＢボーイ。

「ぶっちゃけ俺、あいつが同じような目に遭った時に励ますつもりで、犬にでも噛まれたと思って忘れろって言っちまって」
「あんなオヤジに撫でまわされるぐらいなら、かわいいわんこに噛まれるほうがずっとずっといいわ！　犬に失礼！　ウチにも失礼！」とブチ切れた雪女によって文字どおりブリザードが吹き荒れたそうな。真夏にもかかわらず冷えきった部屋にぶら下がった氷柱をすべて撤去するには数日かかり、その間、雪女からの冷たい目線を受けながら、仕事中以外は心身共に凍えながら部屋ですごしたらしい。「俺、ヴァンパイア初の凍死者になるかと思った」と真顔で語る彼には悪いが、笑ってしまった。このカップルも喧嘩をしょっちゅうしているけれど、喧嘩するほど仲がいいというのを地で行くカップルだと思う。

「そりゃあ、自分で言うのと、人から言われるのじゃ違うよー」

「そっか。そうだよな。ま、俺そういうの鈍いって言われるけど、俺にできることがあったらなんでも言ってな。はっきり言ってくれたほうが助かるし！」

不器用なりに気遣ってくれているのがわかって嬉しかった。住んでいる階が違うのに、わざわざ部屋のドアの真ん前まで送ってくれ、中から鍵をかけるまで見守っていてくれると言う。

「何かあったら夜中でも明け方でも俺たちに連絡しろよ。一人な気分じゃなかったら、うちに泊まりに来てもいいし、あいつがお前んち泊まりに行ってもいいし」と言って帰っていった。その言葉から感じられる信頼感が嬉しかった。もし本当に呼んでも嫌な顔ひとつせずに駆けつけてくれるだろうというのが確信できるから、それだけで安心して眠れる気がした。きっとほかの同僚たちも、呼んだとしたらなんだかんだ言いながらも駆けつけてくれるだろう。

翌日、出勤すると店長に呼ばれた。

「昨日は遅くまでごめんね。わたし、また寝落ちしちゃったと思うけど、何を売るか決めるのは自分みたいな話したの覚えてる？」

「ええ、もちろん」

「あなたは何が売りたい？」

「えっ」

昨夜からずっと考えているけれど、自分でもよくわからない。

「もしよかったらなんだけど、自分の価値をさらに高めてみない？　いつもステージから見てても、すごくきらきらした目でわたしを見てくれてるでしょ？　性別なんて関係ない。あなたなら踊れる」


実は、自室で一人の時、鏡に向かって店長の真似をしてポージングをしてみたことが何度もあるのは秘密だ。そして、そのあとに恥ずかしさが込み上げてきて一人で身悶える。

店長は、バーレスクやポールダンス、エアリアルシルクを取り入れたショーを行っていた。別にショーがメインじゃないとは言うものの、ほとんどの日にショーの予約も入っていた。時にはケータリングと共に出張もする。この店のオーナーが店長とマスターに出会ったのは、駆け落ちした二人が自分と同じ公園に流れ着いた時で、それまではいろいろな街で店長の踊りとマスターの演奏で路上パフォーマンスを行ってなんとか生き延びていた。この店でもマスターの演奏に合わせて店長が踊る日もある。

最初に店長のステージを見たのは、バーカウンターの手伝いに入ってアイスピックを使っての氷の割り方や削り方を教わっていた時だった。その日はマスターの演奏ではなく録音された音楽で残念だったけれど、バーを担当できる人が少ないから仕方ない。店長はステージというか、その日はステージ前に置かれた大きな円卓の上で踊り始めた。初めは微かに流れる音楽に、ほとんどの客が気付いていなかったけれど、徐々に大きくなっていく音楽と店長の踊りに一人、また一人と目を奪われていくのがわかった。踊り終えると一礼して、いったん裏へと引っ込む。

続いて、店長は一瞬で別の衣装に着替えてステージに戻ってきた。そして、曲が始まり、店長が再度踊り始めた瞬間、空気ががらりと変わったのがわかった。先ほどとは全く違う雰囲気の踊りだった。バーカウンターの中から店長を見ていると、ステージの上の店長と目が合った気がしてドキッとしながらも、音楽に合わせて、仕草ひとつ、目線ひとつで空気をどんどん変えていく店長から目が離せなかった。作業に戻らなきゃと思いつつも、見惚れてしまい、気がつくと手に持っていたはずの氷の塊は溶けてなくなっていた。

「すごいでしょ。うちの店長」

「あ、すみません。作業に戻ります！」

「大丈夫ですよ。それだけ夢中で見てくれたら、店長も踊りがいがあります」

キュバス族は芸事に長けている者が多いらしく、特にインキュバスは音楽、サキュバスは踊りが上手い者が多いらしい。自分が楽器を触っていると落ち着くのは、本能的なものだったのか。だけど、店長の踊りを見るたびに、あんな風に踊ってみたいと思う自分がいた。でも、自分はどちらかと言うとインキュバスとして見られることが多く、踊ってしまったらますますサキュバス寄りになってしまうから、踊りたいなんて誰にも言えなかった。そんな自分の葛藤にもマスターと店長は気付いてくれた。そして、またしてもあっさりと、「どっちもやればいいじゃない」と当たり前のように言ってくれた。

そして特訓が始まった。どっちもやっていいとはいえ、人前で披露してもいいレベルだと店長たちを納得させられたらの話だ。お金をいただく以上、中途半端なステージは許されない。ポールダンスは肌の露出がないとホールドできないので、できるだけ露出した状態で、反対にエアリアルシルクは布で擦れて火傷するので、できるだけ肌を出さない状態で行う。店長からも事前に説明はされていたけれど、いざ練習を始めてみると、予想以上に痣や火傷が絶えなかった。特に手を痛めてしまうと、楽器の演奏やバーの仕事にも影響が出てしまう。毎日身体の表面のどこかがヒリヒリと痛く、特に最初は今まで筋肉痛になんてなったことないようなところも含めて全身が筋肉痛になったけれど、どれも辞めたいとは思わなかった。両立するのは大変だったけれど、それよりも、少しずつ新しい技ができるようになるのが楽しくて、店長に少しでも追いつこうと毎日必死だった。

数か月後、店長の前座として初舞台が決まった。最初にリハーサルを行った時、本番さながらに照明を当てられ、その熱さに驚いた。立っているだけで汗が噴き出し、ポールやシルクが滑りそうになる。今まで人に見られることをできるだけ避けて生きてきた自分だったけれど、これで観客が入ったらどうなってしまうか想像もつかなかった。

店長がプレゼントしてくれた真っ赤なソールの黒いピンヒールを履く。今では十二センチのヒールで踊れるようになった。そして迎えた本番。スポットライトに灼かれ、多くの視線に貫かれる時間は想像を超えた快感だった。幕が上がった瞬間は緊張で身体が強張ったけれど、音楽に合わせて踊り始めると、あとは身体が勝手に動いてくれたように感じた。身体はどんどん限界に近づいていくのに、気持ちは昂っていく。彼女もみんなに見られる仕事をしていて、同じ快感を覚えていたのだろうか。ふっと意識が遠のきそうになる直前の絶妙なタイミングで、雪女が出したスモーク代わりの冷気が身体を冷やしてくれる。雪女自身もフラダンスやベリーダンス、時には楽器でもステージに立つけれど、店長やほかの人のステージでは裏方に回ることがほとんどで、照明やＰＡだけではなく、体質を活かして冷たい息を吐いてスモークまで出してくれていた。小道具作りや演出もほとんど彼女がやっていて、雪や氷柱の演出も可能らしい。

途中から頭が真っ白になりつつも、なんとか踊り終え、一礼をしてステージを降りると後ろに大きな拍手が聞こえた。更衣室に戻り、カーテンの中に潜り込むまでは我慢した。けれど、やっぱり堪えきれなくなった涙が流れてきた。

このカーテンも、自分が入ることになって、店長が着替えの時にほかの人の視線が気にならないようにとつけてくれたものだ。前からやろうと思っていたから、ちょうどいいタイミングだったなんて言いながら。ステージを降りる時、反対側の袖にスタンバイした店長は目を潤ませながら、その隣のマスターも笑顔で見守ってくれていた。やっと自分の居場所を見つけた気がした。

だけど、彼女は自分の居場所を見つけることができたのだろうか。

気がつくと、ヒールで歩くのにも馴染み、今ではペタンコな靴のほうが歩きにくいと感じるようになった。もうすっかり慣れたステージのセッティングも終えて、開店前のちょっと落ち着いた時間。賄いを食べる人もいれば、みんなでテレビを観たりお喋りをしたりしながら、紙ナプキンを折ったり、おしぼりを巻いたり、内職的な作業をすることが多い時間だった。自分も店の片隅の古ぼけたピアノの椅子に腰かけて作業をする。店長、雪女、マスター以外にもパフォーマーはいるから、このピアノは日常的に使われている。学校にあったピアノと違って、定期的に調律はされているものの、見た目を裏切らない味のある音をしている。空き時間にたまに弾いてみたりもするけれど、ピアノを見るたびに彼女のことを思い出してしまう。ピアノだけじゃない。もうずっと会っていないのに、ふとしたきっかけで毎日彼女のことを思い出す。このままずっと会わなかったら、彼女のことを思い出さない日は来るのだろうか。今日も彼女が出ている。テレビで観る彼女はますます痩せてきた。メイクで隠しているが、顔色が悪いのもわかってしまう。

「この子、あなたと同じ名前よね。なんか一気に有名になったよねー。でも、なんか最近痩せたっていうかやつれた感じしない？　無理なダイエットとかさせられちゃうのかなぁ。ここに来たら美味しいご飯食べさせてあげるのに。あ、わたしじゃなくて、作るのは小豆洗いシェフかマスターね！」

「ふふ。ここの賄い、最高ですもんね。でも、忙しくて、この街まで来る暇もないんじゃないですか？」

「そっか。でもほんと大変よね。こんなにかわいいのに、全国の会ったこともない人からブスやら整形やら、太っただの痩せただの言われて。っつか、わたしもさっき言っちゃったから、ごめんだけど。この子、ハーフちゃんかな？　人間味が強いハーフちゃんだったら大丈夫かもだけど、妖怪味が強いと消滅しちゃわないか心配だよね」

消滅？　テレビから消えるという意味ではなくて？　きょとんとした自分の顔を見て店長が気付いた。

「そっか、そんな大事なことも教わるチャンスなかったか‼」と驚きながらも説明してくれた。

妖怪は人間と同じような死を迎える訳ではない。寿命というものがあまりない代わりに気力や体力が弱くなると存在が薄れていき、跡形もなく消えてしまう。思い残すことがなくなった時にも消えることがあるらしい。泡沫となった人魚姫の結末のように。そうか、店長がサキュバスのコミュニティーで監禁された時に消えそうだったと言ったのは、そういう意味だったのか。自分も店長に拾ってもらわなかったら、あのまま公園で消えていたのかもしれない。今さらながらヒヤッとした。

それよりも、彼女のような半妖はどうなのだろう。これは個体差があるようで、人間寄りもいれば、妖怪寄りもいるので、一概には言えないらしい。明後日は彼女の人間の年齢で言う二十五歳の誕生日が来ることに気付く。一緒に祝えなかった誕生日が何回あっただろう。二十五歳の誕生日が、半妖にとって大きな意味を持つということは、つい最近二十五歳を迎えた半妖の同僚に聞いて知った。今すぐにでも彼女のいる街に飛んで帰りたい。そうしないと、彼女が本当に消えてしまう気がした。明日になってからの移動だと、始発で出ても着くのは午後になってしまう。だけど、ステージに穴をあける訳にもいかない。今夜は自分と店長のステージが観たいと指名での予約をいただいていた。

「夜行バスなら、ステージのあとでもギリギリ間に合うと思いますよ」

「え？」

「最終便何時？　一〜二曲減らしたほうが安全かも」

最初に助けてもらった時から、元の街を出てきた理由や彼女と知り合いだということは誰にも言ってないのに、マスターと店長はどこまで知ってるんだろう？

「ごめんね。なんとなく気付いちゃったことがいろいろあって。詳しい話は帰ってきてから聞くから、まずは行っといで」

店長とマスターと雪女を中心に、同僚のみんなが急な変更を受けて走り回ってくれる。今日は三十分ほどのステージを二回やる予定だった。本来は一ステージ目が雪女四曲と自分が三曲、二ステージ目は自分が二曲と店長四曲。それを開始時間を十五分早めたうえで、一ステージ目が自分四曲と雪女三曲、二ステージ目を雪女二曲と店長五曲に変更してもらえることになり、トップバッターの予定だった雪女に合わせていたステージセッティングも自分に合わせてやり直し。雪女と店長は演目が増えた分、急遽準備しないといけないものもあったはずなのに、最初にステージに立つ自分の準備を最優先にしてくれた。

慌ただしく準備を終え、本番を迎える。ステージ上でも気が急って、集中力が途切れそうになるけれど、自分を指名して来てくれたお客さんと協力してくれた同僚たちのことを考えると意地でもここでミスるわけにはいかない。四曲目までなんとかノーミスでやりきって、袖に待機していた雪女と交代でステージ裏に引っ込むと同時に走る。楽屋兼用の更衣室に駆け込むと、Ｂボーイなヴァンパイアが待機してくれていた。

「ほい、チケット。タクシーも呼んであるから」

先にバスのチケットを買ってきてくれたらしい。それでも、時間的に結構ギリギリ。着替える時間も惜しい。目立つアクセサリーだけ外して、上からパーカーを羽織る。

舞台仕様の派手なメイクも落とさなきゃと思っていたら、Bボーイがどこからかトートバッグを抱えて戻ってきた。

「俺もバス停まで行くよ。ここにメイク落としもあるらしいから、タクシーかバスん中で落とせばよくね？」

Bボーイが一緒にタクシーに乗ってついてきてくれる。トートバッグの中には、メイク落としシート、着替え、軽食、飲み物、歯ブラシ、モバイルバッテリーなどいろいろ揃っていた。中身はマスターと雪女が用意してくれたらしい。タクシーがバス停に滑り込んだのは、出発の二分前。タクシーの支払いはBボーイが引き受けてくれ、息をきらせて発車寸前のバスに飛び乗る。これで夜明け頃にはあの街に到着できる。

Bボーイからタクシーの中で渡されていた封筒を開けてみると、現金とメモが入っていた。

いってらっしゃい 足りなかったら使ってね♪ 身体で返してくれてもいいのよ♡
気をつけて行ってらっしゃい 返すのはいつでも大丈夫ですよ。→現金でね！
必要だったら誰かすぐ行くから、いつでも連絡して。待ってる。

店長、マスター、雪女の文字だった。改めて今の自分がどれだけ周りに恵まれているか、実感した。

首にはいつもと変わらず、あの部屋の鍵がぶら下がっている。今まで彼女に会いに行くかどうか迷っていたけれど、今夜またいつもと同じメッセージが入るだろうから、今日こそ「会いたい」って返信しよう。そして、会ってくれるならあの街に着いたその足で会いに行くと決めた。

彼女が置かれている状況が、彼女にとって幸せなものではないのなら、店長たちのもとへ一緒に帰ればいい。どうしてこれまで思いつかなかったんだろう。

身体は疲れているのに眠れない。まだ街中を走る高速バスは少し進んだかと思うと、すぐに止まって、なかなか進まない。バスのカーテンをかぶって、窓の外や時折反射して映る自分の顔を眺めながらいろいろと考える。これまでのこと。そして、これからのこと。

演奏中に間違った音を鳴らしてしまうと、音が濁る。ミスは取り返しがつかない。だけど、次の音に上手く繋げば、曲は進んでいく。本番中に一番やってはいけないことは、そのミスですべてを止めてしまうこと。彼女と自分の間でかき鳴らされた不協和音。その一度のミスでここまで離れてしまった。

以前、演奏の本番中にミスをして落ち込んでいる自分にマスターが言ってくれた。

「ミスをしないのがプロじゃないんです。もちろんノーミスが一番いいですけど、できるだけミスを感じさせないよう、瞬時にリカバリできたんだから、充分です。次回、もっと上手くなりましょう」

彼女の口癖は「強くならなきゃ」だった。人形のように華奢なだけあって、筋力もないし、体力もあまりない。だけど、それ以上に彼女が求めていたのは精神的な強さだった。だったら、一人で強くなるんじゃなくて、二人一緒だからこそ強く響き合っていける関係もあるはず。店長とマスターの関係をそばで見ていて、そう思えるようになってきた。彼女とカップルという関係になりたいのかどうかは自分でもよくわからない。たとえ自分が望んでも、彼女はそんな関係を望まないかもしれない。

だけど、彼女が許してくれるなら、どんな形でもいい。やっぱり彼女と一緒にいたいんだ。

真夜中の高速道路を走り始めたバスの中、祈るように二十六時のメッセージを待つ。

第5話

［生きてる］

毎週土曜日二十六時というか、日曜日午前二時頃。あの子にこのひと言を送り続けて、もうどれぐらいになるんだろう。返事は返ってこないけれど、既読がすぐにつくからきっとあの子も生きてる。元気かどうかはわからないけれど。このひと言が疑問形なのか、断定形なのか、自分でもよくわかんない。

あの子は今何をしているのか、どこにいるのか、何もわかんないけど、朝に弱いうえに目立ちすぎるあの子がいわゆる普通の仕事と言われるような昼間の仕事についているとは思えない。きっと変わらず夜型だから、その時間ならあまり邪魔にならないはず。きっと。

あの子はいなくなった。

私を置いていった。恐らく私のほうが寿命が短いから、置いていってしまうのは私のほうだと思っていたのに。どちらかが悪いではなくて、タイミングが悪かった。

違う、やっぱり悪いのは私。いなくなってから大切さに気付くなんて言うけれど、気付いていたよ。何よりあの子が大切って。気付いていたけど、だけど。

あの子を傷つけて自分も傷ついたけど、自分以上にあの子を傷つけた。


あの子がいなくなったことは周囲に言わなかった。「やっと普通の恋人を作る気になったのね」なんて言われるに決まっているから。周りは恋人だの共依存だのなんだの好き勝手言うけれど、どう言われようと関係ない。あの子がいなかったとしても、ほかの誰かと一緒にいようなんて思えない。あの子の代わりなんて誰もいないから。

私は幼い頃から結婚願望がゼロだった。夢は花嫁さんだとか、何歳で結婚したいだとか、ませた同級生は幼稚園ぐらいからそんな話をしていたけれど、そんな話を振られても、首を傾げることしかできなかった。十代になって、気の早い子たちは将来子どもが何人欲しいなんて楽しそうに話をしていたけれど、自分の身体の中で育てた未知のものをこの世に産み出すなんて、想像しただけで吐き気がする。子どもが欲しいと思える人は、幸せな子ども時代を過ごしたからなのか。それとも、自分の子どもは自分と違って幸せに育てようと思うからなのか。もしかすると自分が子どもだった時のことなんて忘れてしまってるのかもしれない。私は取り立てて不幸だったとは思わないけれど、自分が産み出したせいで誰かが自分と同じような子ども時代を過ごさないといけないと考えるとぞっとした。それは大人になった今も変わらない。

子どもが欲しくないと言うと、まだ若いからとか、そのうち変わるよとわかったような顔をされたり、せっかく女に生まれたんだからとか、産みたくても産めない人もいるんだからとか説教が始まったり。酷い時には将来の練習だからとか言って、生まれたばかりの壊れもののような赤ちゃんを、拒否しているのに無理矢理抱かせようとしてくる人までいる。

だから、こういう話題は苦手だった。雑誌のインタビューで理想の結婚相手は？と聞かれた時には結婚願望がないとはっきり言ったのに、「優しい人」と書き直されていた。優しくない人と結婚したい人なんてあまりいないと思うんだけど。

物心ついた頃から、誰かと深い関係になることは避けてきたので、恋人を作りたいと思ったことも恋愛に憧れたこともなかった。それでも、あの子だから一緒にいたいと思ったんだ。好きと恋は何が違うんだろう。でも、あの子と一緒にいられるなら、どっちでもいい。

なのに、どうしてこうなっちゃったんだろう。

中学高校の時は音楽同好会と称して、放課後は毎日第二音楽室に入り浸っていた。生徒数が減少して使われなくなった第二音楽室には楽器庫まで付いていて、以前はあったというオーケストラ部が使っていた貸し出し用の楽器がひと通り揃っていた。それを自由自在に弾きこなしていたのはあの子で、ドラムもコントラバスも、木琴もトランペットも。私から見ると何が何やらよくわからない楽器も。あの子が言うには消耗品もひと通り揃っているということで、オイルを差したり、磨いたり、弦を張り替えたり、私が掃除当番で遅くなる時などには大量にある楽器のメンテナンスも嬉々として行っていた。

だけど、グランドピアノだけはどうしようもなかった。授業で使われる第一音楽室や講堂のピアノと違い、今ではもう使われず普段は閉めきられていた第二音楽室のピアノは数年間放置されていたままらしく、初めて一音ポーンと弾いた瞬間、あの子は笑い出した。きょとんとした私に気付き、これならわかるでしょうときらきら星を弾いてくれた。たしかに私でもわかるぐらいの調子っ外れな音で、私も思わず小さく吹き出した。さらに電子ピアノと聞き比べると私にもズレてるのがわかる。と、いうことは相当ズレている。

その後、なんとか調律できないか調べたけれど、状態の悪いピアノを調律するには十万円近くかかることがわかり、学生の私たちにはとても手が届かないお値段だった。さらに錆びている弦を張り替えとなると二十万円を超える。全国大会に出るような部活であればそれぐらいぽんと出してもらえそうだけど、同好会にはたいした予算もつかない。

あの子によると、今はだいたい四分の一から半音ぐらいズレてる音が多いらしい。そんな中途半端な音なんてあるのね。今まで鍵盤を押せば決まった音が鳴ると思い込んでいた私には目から鱗だった。言われてみれば、トロンボーンとか弦楽器とか、あれは鍵盤では出せない間の音が出せるということに今さらながら気が付いた。音階は人間が勝手に決めただけで、音階も文化によって違うから、私たちがいつも使っているドレミの音階では使わない、間の音を使った音階もあるらしい。それぞれの文化が美しいと思う音を奏でた結果が、それぞれの音階。絶対的な正解はないからこそ美しいのかもしれない。無理矢理どちらかに合わせようと思わなければ、共存する方法はきっとたくさんある。本来は一緒に演奏されることがあまりない、和楽器と別の国の楽器がコラボした動画を以前見たことあるのを思い出す。

別に正解はひとつじゃなくていいと思う。私の正解を否定しないでいてくれる限り、私も誰かの正解を否定する気はない。「これはこれで味があるよ。ホンキートンクってやつじゃん。このピアノはほかのピアノじゃ出せないこのピアノだけの音階を持ってるってことでしょ」とあの子が楽しそうに言うから、私にとってはそれが正解。このまま自分たちが卒業するまでどれぐらい狂うか楽しみだと笑い合った。放置され、だんだん狂っていくピアノは、自分が狂っていっている自覚があるんだろうか。それとも、本当に狂っていくのはピアノじゃなくて周りなのかもしれない。だって、何もかもわけのわからない校則で雁字搦めのこの学校は狂ってる。

合唱部が強いこの学校で、器楽をやりたい生徒は変わり者扱いで、最初は私とあの子の二人だけで音楽同好会を作ろうとした。最初は顧問を引き受けてくれる先生がいなかったけど、あの子が粘りに粘って、学生時代は吹奏楽部だったという先生がなんとか顧問を引き受けてくれた。三人いないと同好会として申請ができないけれど、それはあの子がホームで一緒だという男の子が名前を貸してくれた。彼は部活に入らずさっさと帰りたいのに先生が何か入れとうるさいので、お互いのメリットが一致したらしい。

けれど、ひとつ条件を出された。必ず三人で活動すること。周りから見れば私たちは異性同士で、頭の固い先生たちは異性同士二人で密室に籠るとやることはひとつだと決めつけてきた。それは道徳的じゃなく校則にも反しているらしい。生まれつきの癖毛を認めない校則は人権に反してるじゃないかと声を大にして言いたいけれど。ルールを守ったところで、ルールは私たちをちっとも守ってはくれないじゃないか。基本的人権の尊重はどこへ行った。校則って憲法より強いものなの？　校則が求めている中高生らしい健全な関係ってどういうこと？　私が男だったらよかったの？　同性同士だと先生が言う〝不純〟な関係にはならない保証なんてどこにもないのに。あの子に会う前の小さい頃から思っていた。私が男だったら、もっと人間らしく生きられたの？　それとも一〇〇％純粋なメリーだったらよかったの？

またしてもあの子が戦った。そして、先生たちとの約束を果たすために、第二音楽室で二人きりになる間、あの子は楽器を鳴らし続ける。楽器の音がしている間は、先生たちが不道徳だというような行為はできないという理論であの子が勝ち取った条件付きの自由。次々と楽器を持ち替えつつも、あの子のお気に入りの楽器はピアノやギターで、それらをつま弾きながら器用に喋る。「弾き語りって言葉があるぐらいだし。さすがに管楽器吹きながらとか、歌いながら喋るのとかは無理だけどね。あ、でも歌詞で会話すりゃいいか」と簡単に言う。うん、そりゃあ口はひとつしかないから、物理的に同時進行は無理でしょ。口が二つある妖怪二口女じゃあるまいし。

でも、なんだか論点が違う気がする。私には弾き語りなんてとてもできない。だけど、少なくとも普通の弾き語りは楽器と歌を同時に演奏しているものの、きっと頭の中では同じ曲のことを考えているわけで、ピアノの右手と左手がそれぞれのパートを弾いているのとそこまで大きく違わない気がする。だけど、あの子のように楽器を弾きながら普通の会話をこなしてしまうのは、果たして弾き語りと言うのか？

何はともあれ、音が流れている間は先生たちも何も言わない二人だけの時間。第二音楽室ではあの子が奏でる音楽が私たちを守ってくれるバリアだった。あの子の演奏をほぼ毎日特等席で聴いていた六年弱。今さらだけど、なんて幸せだったんだろう。

「ねえ、その黒のマレット取って？」

「黒のって、この棒？」

「マレットだってば。せめてバチって呼んでよ」

固い棒と、ふわふわの棒と、ぽよぽよの棒。あの子が持つといろいろな音色を生み出す魔法の杖だけど、私にとってはただの棒。私はぎこちなく一音一音叩くことしかできない。しかも、それでも間違える。あの子は片手に数本ずつ持ったマレットで両手を同時に動かしつつ、正確に鍵盤を叩いて和音を奏でていく。同じ楽器とは思えないぐらいだった。

あの子は歌が上手で、楽器もだいたいなんでもこなせたけれど、私は幼い頃に無理矢理通わされたピアノも今では弾き方をほとんど忘れ、リズム感も皆無。なんてったってピアノは黄バイエルの途中で挫折したぐらいだ。私が辛うじて弾けるのは猫踏んじゃったの左右の手をクロスさせる前の部分とか、ぽつりぽつりと片手で弾くきらきら星とか、そして大嫌いなメリーさんの羊。

あの子はまともにレッスンなんて受けたことないから楽譜も苦手だし、弾き方も自己流だと言うけれど、奏でる音の全てがカッコよかった。なんでもできてズルいと言いたくなる。でも、ズルいってなんか違う気がする。あの子は何もズルしたわけじゃなくて、きっと音楽と両想いだっただけ。ほめてるつもりなのか、ズルいって言葉は私もいろんな人に言われてきたけど、ズルした覚えはない。そんな時どう答えていいかわからなくなったのを思い出す。

あの子が楽器を弾いている間、お喋りをしつつ、私は宿題を済ませてしまうことも多かった。母には反対されていたけれど、なんとか大学に行きたかった。学費は父が出すと言ってくれたものの、入試に合格しなければどうしようもない。塾は母が反対していたので、学校をフル活用するしかなかった。宿題や予習復習に加え、進路相談室でもらってきたいくつかの志望校の過去問を解くとなると、帰宅してからだと時間が足りない。そして何よりあの子と一緒にいられる時間が減るのは嫌だった。

最終下校のチャイムが鳴る十五分前の予鈴を合図に、メリーさんの羊を弾くのが私たちの毎日の儀式だった。

ある日、何気なく「私この曲大嫌い」と言いながら、右手でメリーさんの羊を弾いた。母の勤務先のＣＭソングに替え歌として使われていて、テレビや街頭モニターで流れてくることも多かった。聞くたびに、進学に反対し、卒業したら自分と同じ仕事に就かせようとする母を思い出して嫌になる。そんな大嫌いな曲をなんとか弾き終わると、「ねえ、もっかい弾いて」と耳元で声が聞こえた。ええと、これはどういう状態？と頭が追いつかないながら、言われるがままに弾きなおす。あの子は私のたどたどしすぎるぎこちない演奏に主に左手の低音で伴奏をつけながら、時折右手で高音も入れる。私はあの子の腕の中に捕まった状態で、メリーさんの羊を弾き続ける。背中に感じるあの子の体温に気付いてしまい、自分の顔が熱くなるのを自覚する。

恐らく、あの子は無意識でやっているのだろう。きっと意識しているのは私だけ。さすがキュバス族と言いたくなるのをぐっと堪える。あの子が嫌がるのがわかっているから。どっちつかずだと言うけれど、サキュバスの魅力とインキュバスの魅力を両方兼ね備えたのがあの子なのかもしれない。こんな行動、私にはどうやってもできない。それは才能なんだと思う。それが本人を幸せにするとは限らないけれど。

あの子が即興でつけてくれた伴奏もまるで魔法だった。それから毎日違うアレンジで伴奏などをつけてくれ、その曲で締めくくるのが定番となった。ピアノ用の大きな椅子に互い違いに座った状態でユーフォニウム、またある時は隣り合って座ってピッコロ、背中合わせでバリトンサックス。相変わらず街中で聞くメリーさんの羊は嫌いだけれど、あの子の魔法がかかったメリーさんの羊は別。だけど、最初の時のように両手でピアノの伴奏をつけてくれることはもう二度となかった。

あの子はメリーさんの羊を弾いたあとに、バンドを組もうよといつも言っていたけれど、音楽の才能があまりにもない私とバンドを組むなんて冗談だと思って取り合わなかった。

あの子の隣で木魚でも銅鑼でもカスタネットでも叩いてれば、今でも一緒にいられたのかな？　でも、それは果たしてバンドと呼べるのか？

懐かしいことを思い出しながら、シーンとしたリビングルームのソファーに座ったまま微睡んで朝を迎える。ベッドはいつから使ってないんだろう。使う用事がないほうが私的には平和。仕事先であの手この手で誘ってくるやつらは大勢いるけれど、それをどうにか躱し続けてきた。このベッドを使うとしたら、あの子が帰ってきて一緒に眠れる日が来た時。

私は眠るのが下手だった。ご飯を食べるのも、酷い時は呼吸すらも危うい。不眠症で死んだ人はいないと言うけれど、半妖はどうなんだろう。あの子がいなくなってからは、横になっても眠ることができず、食事の味もよくわからなくなった。辛うじて自分で買ってきてでも食べたいと思えるのが果物で、昔から食の細い私を心配して、仕事帰りに父が買ってきてくれたことを思い出す。父が忙しくなってからも、時折予告なく宅配便で果物が届いた。いちご、さくらんぼ、びわ、桃、すいか、甘夏、いちじく、柿、梨、ざくろ、ぶどう、りんご、みかん、まどんな、伊予柑、甘平、八朔、そしてまたいちご。あの子がいなくなってから、何周しただろう。朝から晩まで穴倉のようなスタジオで過ごす毎日の中、日付や季節の感覚すらも希薄になった私に辛うじて季節を感じさせてくれるのが果物だった。

入試の準備などで学校に生徒が立ち入れない日、私たちはいつも空港で過ごした。大浴場には入れないあの子は修学旅行なども避けてきたし、私も今まで飛行機を使った旅行はなくて、二人して飛行機なんて乗ったことなかった。だけど、空港内には様々な人がいて、私たちも溶け込めている気がした。数時間後には周りの人たちが別の街、もしかしたら別の国にいるかもしれないというのは不思議な感じ。いつかいろんな国へ行ってみたいねと、飛び立っていく飛行機を見ながらいろいろ妄想する。あの子がパスポートを取るのは、いろいろとハードルが高い。でも、いつか一緒に。私たちが普通に暮らせる国も世界のどこかにはあるかもしれない。きっと世界は広いんだと思いたい。

　巨大なターミナル内には、熱帯魚の入った出張水族館の水槽やプラネタリウムもあった。いろいろなお店も並んでいて、ウィンドウショッピングだけでも数時間楽しめた。特に気に入ったのが駄菓子屋さん。色とりどりの駄菓子は、私たちのお財布にも優しかった。さらに、くじを引いて一喜一憂したり、そこで買ったシャボン玉セットで屋上の庭園からシャボン玉を飛ばしたり、二人とも自分が経験できなかった普通の子ども時代を取り返すように遊んだ。あら、かわいらしいカップルさんねと言ってみかんと肉まんをくれたおばあちゃん、楽しそうやなと言いながら自販機のジュースを奢ってくれたコワモテのおじさん、空港にいる人はなんだかみんな優しい気がした。

　疲れると屋上にあるインテリアショップに入って、いろいろな家具を見て回るのも定番だった。あまり物欲がなさそうなあの子だけど、将来欲しいと唯一言ったのが、少し変わった形のベッドだった。大きなベッドだと思ったけれど、真ん中で二つに分けることもできて、これなら生活パターンによって模様替えできるでしょ？　と言われて、その時初めてあの子と将来もずっと一緒にいる未来をはっきりと意識した。そんな未来なら悪くない。あの子はどれくらい前から一緒にいる未来を考えていてくれたんだろう。

だけど、それを壊したのは私だ。

仕事が忙しくなると、事務所の命令でセキュリティのしっかりしたマンションに引っ越しをした。あの子がいつ帰ってきてもいいように、前の部屋の家賃も相変わらず払っている。鍵はきっとまだ持ってくれているはず。仕事の合間に様子を見にいくけれど、私以外が入った形跡はずっとない。新しい部屋は広くて綺麗で設備も豪華。家具選びも引っ越しも片付けもマネージャーや業者さんに任せたけれど、ベッドルームの片付けだけは自分でやった。真ん中にはあの子が欲しがっていたベッドを置いてもらって、それ以外は前の部屋であの子と使っていた家具をできるだけそのままの配置で並べた。作り付けのクローゼットには私の服の中でもあの子が好んで着ていたもの。コスメもあの子に似合う色を並べていた。いつか帰ってきてくれるなら、そのままこちらで一緒に暮らせるように。だから、ベッドルームには誰も入れたくない。それが、私の最終防衛ラインだった。週に一回程度掃除に入る以外には、自分自身もその部屋にはほとんど入らない。私の定位置は、ベッドルームへと繋がるリビングルームのドアの前に置いたソファーだった。家に帰れる日は、門番のようにそのソファーでひと晩を過ごす。

部屋にはテレビもパソコンもなく、あるのは事務所に持たされているスマホがひとつと、あの子と辛うじて繋がっているはずのプライベートのスマホ。だけど、もう長いことプライベートのスマホが鳴ることはなかった。ほかに連絡先を教えているような友だちは元々いないし、母ともほとんど連絡を取っていない。

私が高等部に上がった頃から、母は出張と言って数日から長ければ十日程度、家を空けるようになった。なんでも役職が上がり、ほかの地方にあるセンターへ指導や視察のために頻繁に行く必要があるらしい。普段は母が帰ってくるから、あの子がうちに来ることはない。けれども、母が確実に帰ってこない日は、一緒に勉強をすると共に、私のクローゼットで二人だけのファッションショーをするためにあの子を家に招いていた。母はフランス人形のようなフリルのたくさんついたカラフルな服を買おうとする。でも、私はどちらかというとモノトーンの服やカッコいい服が好きだった。幼い頃は着せ替え人形のように母の好む格好をするしかなかったけれど、父が母を説得してくれたおかげで、文句を言われながらもお年玉やお小遣いで好きな服を買うことは一応許されていた。だから、私のクローゼットは全く系統の違う服が並んだカオスな状態だった。母はメリーのエチケットだと言って外見を美しくするためのものならなんでも買ってくれたから、私の肌にも合うコスメもひと通り揃っている。

ホームで暮らしていたあの子には門限があって、外泊は禁止されていた。だから、あの日も門限に間に合うようにうちを出る予定だった。いつもと同じように同じ部屋で着替えるのを恥ずかしがって、あの子が着替えるのは隣にある書斎。書斎と言ってもデスクと古い本が少し置いてある以外はがらんとしていて、部屋の主である父はもうその頃にはほとんど帰ってこなくなっていた。あの子が着替えているのを待つ間に似合いそうなコスメを見繕っていると、なんだか眩暈のようなくらくらする感じがした。背後でドアが開く音がする。突然、衝撃を感じる。グラグラなんてオノマトペじゃ到底表現できないような、暴力的な揺れに襲われ動くこともできない中、棚の扉が全て開いて、私に向かって色とりどりのコスメが滝のように降ってくるのがスローモーションのように見えた。痛みを覚悟した瞬間、何かに包まれるようにクッションの上に押し倒された。揺れが収まって見上げると、色とりどりの粉や液体にまみれたあの子が私の上にいた。

「怪我してない？」

それは私のセリフだ。

私は傷ひとつなく、それがわかるとほっとした顔をする。

「よかった。怪我してたらどうしようかと思った」

笑顔でそう言いながら流れるようにくちびるを重ねてきた。頭が真っ白になる。

「思いっきり私の顔のど真ん中にピアスを開けた張本人がよく言うわ」

嫌だとは思わなかった。でも、とにかく恥ずかしくて目を合わせられなくて、こんな返事しかできなかった。だから、かわいげがないなんて言われるんだ。あの子はなんでそんな自然にこんなことができるんだろう。自分だけ変に意識してるみたいで、どういうつもりか聞くべきかどうか葛藤する私の心中を知ってか知らずか、ふっと優しく笑うと今度は指で私のくちびるを撫でてから私から離れていった。よく考えると、今のって私のファーストキスってやつな気もするけれど、それよりもあの子の額の辺りから流れてきているのは血なのか赤いグロスやマニキュアなのかが気になって仕方なかった。くちびるからは、サビのような血の味がした気がした。私とあの子の血の味は同じなんだろうか。

それからのあの子の行動は早かった。まず、周りで火事が起こっていないことを確かめる。あの子と一緒に心中するのも悪くないなんてふと考えてしまうけれど、あの子が身体を張って守ってくれた身体だから、そんな罰当たりなことを考えちゃ駄目だ。今の地震で街が停電していることは明らかだった。その停電がいつまで続くかわからない。出張中の母にも連絡を入れないと。こういう時は電話が通じにくくなるのは知っていた。メールでとりあえず無事なことを送る。なかなか届かないかもしれないけれど、母が電話とメール以外の連絡手段を普段から使わないから仕方がない。その間にもあの子がスマホでニュースを調べる。震源はここから遠い場所だということはわかったけれど、被害の状況はよくわからなかった。

続いて、暗くなる前に急いで必要になりそうなものを探し出さなきゃと、家の中を走り回る。日没まではたぶん一時間もない。まずは玄関でスリッパを探し出す。裸足のままじゃ、とても家の中を歩き回れそうにない状態だった。幸い、非常用持ち出し袋が置かれているシューズクローゼットには、それほど苦労せずにたどり着けた。だけど、一階はキッチンが大惨事だった。地震対策をされていたはずの戸棚の戸という戸は全て開き、食器や瓶がほとんど割れ、その横の冷蔵庫も傾いている。とりあえず、目についたすぐに食べられそうな食品とペットボトルや紙パックの飲み物を拾い出す。リビングのテレビは壁から落ち、シャンデリアとガラステーブルが割れているので近づけない。その横のダイニングはちょっとマシ。二階は私の部屋がコスメだらけになったのと、それぞれの部屋の棚から物が落ちた以外は物が少ないこともあって被害はほとんどなく、屋上も物干し竿が倒れた程度だろう。全体的に、ひび割れている窓ガラスはあるけれど、飛び散ってはいない。でも、余震があったら危ないかもしれない。

数年に一度は大規模な災害が起こるこの国で、何かがあればすぐに学校や公共施設に避難所が開設されることはわかっていたけれど、私たちがそこに行くとどういう目に遭うかわからない。人は群れを作り、助け合って生きてきた。けれども、極限状態では全員が助け合う余裕があるとは限らない。あまり報道はされないけれど、そんな時に切り捨てられるのは弱者だったり異端者だったり、要するに私やあの子のようなはみ出し者。魔女狩りが現代において行われたとしたら真っ先に狩られるような私たちは格好のターゲットになってしまう。運がよければ助け合いの輪にも入れてくれるかもしれない。でも、常に張り詰めた状態で、少しでもイレギュラーがあると爆発してしまうのが人間。そうなると、平時の理屈は通用しない。でも、それは生きるためであれば責められないのかもしれない。

人間は人間をカテゴリー分けする。学校のクラスを学力で分けるのは、まあわかる。必要に応じて、年齢や言語で分けるのも理解できる。でも、なんのために分けるのかわからない場面でまで、なんかと分類しようとする。人間たちは相手や自分自身にラベルを貼ることで安心しているようにも見えた。性別、人種、宗教、民族、年齢。少しでも多くの共通点を見つけると安心する。でも、それは裏を返せば違いに注目するということでもある。相手にも自分にもたくさんのラベルを貼って、それからはみ出すことは許されない。そのラベルに本人が納得しているならいいけれど、そうは見えない人たちも大勢見てきた。そして、私やあの子に周りが貼り付けるラベルは、周りとの違いを際立たせるものばかり。世の中で勝手に行われている多数決によると、私たちはマイノリティに分類されるらしい。そんな多数決、参加した覚えはないのに。

だけど、そんな私たちに世の中が優しいことは基本的になかった。私たちはその点では人間を一切信用していない。だから、この国で暮らす妖怪や半妖は、いざという時の備えをしている者が多かった。助け合いが望めないのならば、自力で生き抜くしかない。だから、最初から家にいるつもりだった。それなりに備えがあるので、数日間籠城しても問題なさそう。

七十二時間。とりあえず七十二時間を乗りきれば、きっとある程度は街も落ち着くはず。

必要なものは全て二階の書斎に運び、一階の階段前に棚をおいて塞ぐ。もしも侵入者がいたとしても、逃げる時間を稼げるように。大袈裟だと思われるかもしれないけれど、今まで起こった災害の際に、ほかの妖怪や半妖がどんな目に遭ったか聞いていると、用心するに越したことはない。災害では無事だった妖怪が、その後人間のせいで消えてしまったという話は何度も聞いていた。用心しておいて何もなければそれでいい。幸いうちのお風呂は二階にあって、あんなに揺れたのに残り湯も無事に残っていたので、大事に使えば水の心配もいらなそうだった。

暖房がないので肌寒かったけれど、真冬でも真夏でもないことも運がよかった。母の寝室からもマットレスや毛布を拝借し、書斎に運び込む。書斎を選んだのは、床に散らばったものさえ片付ければ広いスペースが確保できることと、ベランダが通りに面していないこと。いざとなれば、ベランダから屋根伝いに逃げることもできるし、念のために外から灯りが見えないほうがいいと、あの子はどこまでも冷静だった。あまり話してくれないけれど、私に出会う前からいろんな目に遭ってきたせいだろう。

スマホから調べたニュースやラジオで、広い範囲に被害が出ていそうなことがぼんやりとわかった。近所の人たちは避難したのか、時折遠くからサイレンの音や聞き取れないぐらいひび割れた町内放送らしきものが聞こえてくる以外はとても静かだった。

書斎に敷いたマットレスの上に寝転んで、毛布を被ると疲れが押し寄せてきたけれど、緊急事態に頭は興奮していて眠れない。しかも、少しうとうとしたかと思うと、余震が起こる。最初の揺れのような大きなものではなかったけれど、スマホから緊急速報が流れることもあり、少しの揺れでもそのたびに目が覚めてしまう。結局隣のあの子の腕にしがみついたまま、ひと晩を過ごした。

翌朝は屋上に出て、ビスケットや缶詰を食べた。温かいものが飲みたかったけれど、相変わらず停電したままのこの状況では無理だった。ガスコンロなど火を使うものは火事を恐れて家には置かれていなかった。明るいうちは無事だった本を読んでみたり、普段と変わらないような雑談をしたり、緊急時とは思えないような穏やかな時間を過ごすうちに日が落ちた。暗くなると、途端に昼間には忘れていたはずの恐怖心が蘇る。気付くとマットレスの上で横になり、あの子と背中合わせ。背中の体温でなんとなく毎日弾いているメリーさんの羊を思い出す。あの子も同じことを思い出したのか、小さな声でメリーさんの羊を歌ってくれた。その声を聞いていると安心したのか、不思議と眠りに落ちてしまい、目を開けると朝だった。

起きると家の電話が鳴って、電気も復旧していることに気付く。出てみると母だった。いろいろ壊れはしたものの、家も私も無事なことを伝えると、明日の夕方には帰れそうだと言われた。あの子もホームに連絡を入れる。電気ケトルが使えたので、ようやく温かい飲みものにありつけた。日中はまた穏やかな時間を過ごし、その晩はどちらからともなく抱き合って眠った。幼い頃から一人じゃないと熟睡できなかったけれど、あの子の匂いと体温は不思議と落ち着いて、眠ってしまいたくない気持ちと睡魔が闘った結果、あっさりと睡魔に負けた。だけど、それは今までに経験したことのない穏やかな眠りだった。このまま永遠に眠っていたくなるぐらいの。

翌朝、一階の階段を塞いだ棚を元の場所に戻し、あの子がいた形跡を消していく。会話はほぼない。地震の発生から約六十八時間。昼過ぎには何事もなかったかのように、あの子はホームへと帰っていった。のちに大地震と呼ばれる災害で、多くの街で甚大な被害が出ていたことは母が帰ってきてから詳しく知った。それでも幸せな六十八時間だったと思ってしまう私は、やっぱり罰当たりだ。

夜明け頃にはマネージャーが迎えにくるから、それまで少しでも休もう。そして、夢の中であの子にひと目でも会えたら。

マネージャーに叩き起こされ、シャワーを浴びてもまだ半分以上眠った頭で車に乗り込む。結局あの子は今日も夢に出てきてはくれなかった。

「ちょっと、またひっかいたの？　目立つ場所はやめておいてよ」

どうせ服に隠れる場所でも、なんだかんだ言って脱がすくせに。映像なんてあとでいくらでも加工するんでしょ。という私の反論はスルーされる。無意識のうちにつけた首の傷。昔から嫌なことがあると、爪で自分の首元を抉るくせがある。感情はそうやって抑え込んできた。

今日の現場はここから二時間ほどの場所で屋外ロケ。とっくに覚えていた台本を念のためおさらいしながら移動する。今日は八歳と十四歳の撮影。順調に行けば二十五歳も。今日は寒いから、せめて全部服を着たまま進むといいな。ハーフタレントだからといって、その場のノリでされるアドリブという名の無茶振りにもう慣れた。何をしているのも、されているのも、それは私じゃなくて、今やテレビにも毎日のように出ているタレントの〝アノ子〟だから。

今やハーフタレントと言えば人間と妖怪のハーフ、半妖のことをさす。メリーである母と、人間の父の間に生まれた私は、〝メリーさんハーフ〟と一般的に呼ばれている。メリーさんと言えば決まって人形のように整った容姿で、私も母の血を濃く受け継いで生きた人形と言われる容姿をしている。その容姿から人はかわいらしい性格を期待するらしいけれど、生憎私はそういうタイプじゃなかった。「せっかくかわいらしい見た目なのに、かわいげがない」などと私を評する人が多いのは知っていたけれど、そんなの私の知ったこっちゃない。

あの日、私につくようになったばかりの新人マネージャーと、お偉いさんの三人で食事をする羽目になった。通されたのは個室で、テーブルに向かい合って座らされる私とマネージャー。入口側にはお偉いさん。マネージャーが電話で席を外した隙にそれは起こった。お偉いさんが立ち上がり、いきなり私のくちびるに自分のくちびるを押し付けてきた。と思ったら、口移しで無理矢理流し込まれる液体。気持ち悪い。臭い。息ができない。ナニコレ。逃げようにもがっちりと抑え込まれ、溺れそうになりながらどうしようもなくなって飲み込んでしまう。心の中では必死でもがいているのに、身体が動かない。身体中の血液がぐわーっと暴走するような感覚の中、目の前がチカチカしたかと思うと、すーっと真っ暗になってどこか深いところへ沈んでいく。遠くから「話が違うじゃないか！」と怒鳴る声が聞こえた気がした。

寒くて目が覚めた。頭は痛いし、吐き気もする。横になったまま周囲を見回すと、半開きの白っぽいカーテンと点滴。病院にいることは理解できた。そうか、さっきのはアルコールだ。私はお酒が飲めない。メリーはアルコールを分解する酵素を持っていないらしい。だから、お酒を飲むことはおろか、化粧品や除菌ティッシュやスプレーも気を付けないと肌が赤くなったり、気化したアルコールを吸い込んで息ができなくなったりすることがある。それぐらいアルコールに弱いので、酒の席は苦痛でしかない。とりあえず全員ビールとか、俺の酒が飲めないのかとか、意味がわからない。付き合いが悪いと言うんだったら、そちらこそあの世まで付き合ってくれるのかと言い返したくなる。私の身体はアルコールを毒としてしか認識できないのだから、なんと言われようと飲めないものは飲めない。

ちなみに、都市伝説で言われている妖怪の苦手なものは半分ぐらいが嘘だったりする。当然苦手なものは妖怪によって違い、吸血鬼は日光や十字架だと言われているけれど、実は吸血鬼も個体差があって、平気な吸血鬼は割と平気らしい。口裂け女はヒマシ油などの植物油に弱い。だから植物性の油からできたポマードに弱い。同じポマードでも石油や鉱物油からできたものは実は平気らしい。苦手なものは人間に極力隠しておきたいため、いろいろな噂を本人たちが流して本当の情報を隠してきた。

ハーフの場合、見た目と体質が一致しないことも多く、見た目は妖怪でも体質は人間、またはその逆など、見た目だけでは体質が判断できないから厄介だったりする。興味深いことに同じ親の組み合わせから生まれた兄弟姉妹でもその辺りは違うらしい。私は一人っ子だから、実際の例が身近にはいないけれど、遺伝って本当に不思議。とにかく私は母からアルコールが苦手な体質を受け継いでしまい、周囲には体質的にアルコールが受け付けられないということを伝えていたのに、私にアルコールを無理矢理飲ませたお偉いさんは少しぐらい大丈夫だと思ったとあとで言っていた。鍛えれば飲めるようになるなんて言いそうな馬鹿がここにもいたか。しかも、どうやら酔わせたうえで私を好きなようにしようと思っていたらしい。だけど、私がここまでアルコールに弱かったのが誤算で、幸か不幸かその計画は失敗に終わった。下手したら死んでいたかもしれないけれど、あのまま襲われるのとどっちがマシだったのだろう。

結局、私が間違えてアルコールに気付かずうっかり飲んでしまったことにされ、医者からはもっと気を付けるようにと説教されたけれど、反論する気力もなかった。もうそんなことはどうでもよかった。それよりも、無理矢理キスされた気持ち悪さが消えなくて、何度もうがいをして、くちびるが荒れるぐらい洗っても、まだ汚れてる気がした。今さらどうしようもないとわかってるのに。私はまだマシなんだ、少なくともファーストキスらしきものはあの子だったわけだし、もっと酷いことをされた人もいると自分に言い聞かせるけれど、他人と比べてしまう自分が醜く思え、同時にそのもっと酷いことを自分がされていてもおかしくなかったと気付いて、余計に苦しくなる。比べてごめんなさい。この程度で済んだのに、苦しくなってごめんなさい。ごめんなさい。ごめんなさい。だけど、苦しいの。

急性アルコール中毒で運ばれた翌朝には病院からさっさと追い出された。けれども、だるさは抜けず、なんだか浮腫んでいる気もする。少しでもさっぱりしようと帰宅するとお風呂に直行する。あの子が帰ってきたら隠し通せるのだろうか。二十歳になって、あの子がホームから卒業しないといけないタイミングで、一緒に部屋を借りていた。周りには同棲だとか言われるけれど、私たちの関係はなんなのだろう。恋人、ではないと思う。一緒のベッドでは寝るけれど、別にそういう関係ではない。キスらしきものをしたのも、あの震災の時だけだ。友だち以上、恋人未満とかよく言うけれど、友だちと恋人は同じスケールの上にある関係なのだろうか？　だったら、境界線はどこにあるのだろう。そもそも、関係性に名前をつける必要はあるのだろうか？　とにかく私に言えるのはただひとつ、この世で一番信頼していて、この世で一番大好きで、この世で一番傷つけたくないのがあの子。

だからこそ、もう少し自分の中で気持ちを消化してから会いたいなんてドライヤーをかけながら考えていたのに、鏡の中のあの子と目が合い、振り返るとそこにいた。予定が変わったとかで早く帰ってきたらしい。

「どうしたの？」

「別に」

隠し通せる訳がなかった。私の様子に気が付いて、近づいてくる。その時点で心の中ではパニックになっていた。お願い来ないでと心の中で願っても、いつも一緒にいるあの子が心配して近づいてくるのは当然だった。そして、「ねえ」と肩に手を置かれた瞬間、口の中に昨夜のアルコールの味と臭いが蘇った気がして、反射的にあの子を突き飛ばしてしまった。あの子は昨夜のお偉いさんとは全く別人で、私が嫌がることをするわけなんてないって頭ではわかっているのに。その時に自分が何を口走ったのかは、自分でも覚えていない。その後すぐに我に返って謝ったけれど、あの子が傷ついているのは明らかだった。一番傷つけたくない人だとついさっき思ったばかりなのに。

いたたまれなくなって、逃げるように家を出る。翌日は地方での仕事があるから、元々前夜から前乗りする予定だった。だけど、こんな時に仕事を言い訳に逃げるなんて最低だ。

大学に入ってからバイト感覚で始めた雑誌モデルの仕事で、雑誌だけではなくテレビに出る回数も徐々に増え始め、卒業後もこの仕事を続けるか就活を始めるか、いい加減決めないといけない頃だった。

翌日の仕事に入ってしばらくした時、その報せは届いた。父の訃報だった。癌だったらしい。最後まで家族には何も言ってはくれなかった。特にここ数年はほとんど家には帰ってこなかったけれど、母と衝突する私を要所要所でかばってくれたのが父だった。中高一貫校や大学への進学を、金銭的にも精神的にも応援してくれたのも父。帰ってこなくなってからも、お小遣いや仕送りと称して私の口座に毎月お金も振り込んでくれていた。そんな父の突然の報せは、ここ数日の一連の出来事で弱りきった私にとどめを刺した。

　先日に引き続き倒れた私が目を覚ました時には、現場のお偉いさんたちとマネージャーに囲まれ、心配してくれてるのかと思ったら、口々に「今のどうやった？　戻れるか？」と興味津々な顔で問われて戸惑った。鏡を渡されて思わず驚きの声を上げてしまう。ナニコレ？　ドッキリ？　鏡の中の私はどう見ても五歳ぐらいで、服もぶかぶかだった。目を覚ます前は、さらに幼い姿だったらしい。

　どうしていいのかわからないまま、鏡を見つめていると、徐々に元の姿に戻っていくのがわかった。慌ててその日の仕事をなんとか終わらせると、父の元へと飛んで帰る。久々に触れた父は冷たかった。通夜、そして葬儀が執り行われ、現実感がないまま合間に仕事もこなし、数日があっという間に過ぎていった。私も母もその間に泣くことは一切なかった。初めて見る黒い服を着ている母の姿は恐ろしく綺麗で、今でも強く印象に残っている。メリーさんでも喪服は黒いのね。

そして、数日経って、ようやく帰宅できた私が見つけたのは、あの子の置き手紙だった。やっと出てきた数日分の涙が、あの子の書いた文字を滲ませてしまう。泣き疲れてそのまま眠ってしまい、目を覚ました時には空が赤く染まっていた。明け方なのか夕方なのか、一瞬迷う。朝陽が差し込み始めた部屋を改めて見てみると、荷物はそのまま残されていて、あの子が出ていく前と何も変わらなかった。見た感じ、持っていったのはいつも玄関横に置いてあった財布と家の鍵、そして携帯。その辺にふらっと出かけた時と何も変わらなかった。違うのは、置き手紙があることだけ。

人間と同じ学校に通い、人間として生きていこうとして母と衝突した。母はまさか私がメリーのコールセンターの仕事を継がないなんて思っていなかったらしい。だったら、なんで人間の学校に行かせたの？　と噛みついたこともあったけれど、父が選択肢は多いほうがいいと反対する母を説得してくれたらしい。メリーになるにしても、世間一般の生活を経験していたほうがその経験をいかせるだろうと。大学は、コールセンター業務に生かせるからということで、心理学部を選ぶという約束で母もしぶしぶ進学を許してくれた。

そんな父も今はいない。人間として普通に年を重ねる父と、出会った頃と変わらない母。いつまでも若くて綺麗な妻は男の理想だと言う人もいるけれど、同じペースで歩いていけない辛さにまで思い至る人間はあまりいない。種族を超えた大恋愛の末に結ばれたはずの両親の夫婦仲は年々冷え込んでいき、娘の目から見ても、離婚は秒読みだと思った。大恋愛のほうが案外終わりはあっけないというのは、こういうことかもしれない。

そもそも私は電話が苦手だった。電話なんてよほどの用事がないとできない。予告なしにいきなり鳴るのも嫌だし、相手が何してるかわからないのにかけるのはもっと嫌だ。メールやメッセージだとこちらのタイミングで送って、相手も自分のタイミングで確認できるのに。予告なく相手の時間を奪うのに、電話のほうがメールよりも礼儀正しいとされる風潮もよくわからない。昔は電話も失礼で、直接訪問するほうが礼儀正しいと言われていたと聞くから、そのうちメールやメッセージよりも便利な手段もできるのかもしれない。その時々で一番便利な手段を使えば合理的なのに。合理性と礼儀は両立できないのだろうか。母の仕事を否定する気はないけれど、自分に向いているとは思えなかった。

メリーにはウェブ部門もできたと言われたけれど、どうしてもメリーの仕事に就くのは嫌だった。母が思っている以上に私は人間だった。メリーとして育てられたのなら、また違っていたかもしれないけれど、生憎ほとんど人間社会で育った私の感覚はほぼ人間だった。人間の世界には感情が溢れている。私から見るとメリーは感情労働である。本来の私は感情表現が豊かな質だったと思う。幼い頃は小さなことにも泣いて笑って、感情は自然と溢れ出すものだった。けれども、母はそれを許さなかった。感情は凪のように穏やかに、目の前で何が起こっても、電話の向こうで何が起こっても冷静に対応するのがプロのメリーらしい。私が感情を表すたびに、母の冷たい視線が追いかけてきた。ほかの感情は全て叩き潰して、穏やかな笑顔しか許されない。その結果できあがったのが、感情を表に出さない無表情な子どもだった。友だちを作らず一人で本ばかり読むせいで、喋り方も硬いと言われる。先生たちには友だちを作るように努力しろと言われ続けたけれど、私は一人で本を読んでいるほうがお喋りをするより楽しかった。あの子に出会うまで、周りでは恋バナとかアイドルとかドラマの話ばかり。別にそれを否定する気もない。私がそれに興味を持てないだけだから、興味がある人同士で喋ればいいいじゃない。そのほうがお互いハッピーでしょう。

　だけど、友だちを作らない子どもというのは、大人たちから見ると異常らしい。先生に言われたからなのか、仲間に入れてあげる、友だちになってあげるなんて宣言されても困る。私のことはほっといて欲しかった。クールビューティと呼ぶ人もいるが、本当に人形のようだと気持ち悪がる人がほとんどで、私が周りに馴染めない原因のひとつであることは自覚していた。先生も周りの生徒も無表情な〝ハーフ〟をどう扱っていいのかわからなかったらしい。

　どうやら私は、周りに合わせるということが苦手だった。言いたいことは言って、思ってないことは言わない。それが周りから浮くということに気が付いた時には遅かった。何か学校で意見を求められた場合、正解は「考え中です」。「先ほどの意見と同じです」というのがもうひとつの正解。意見を主張することが許されるのは、普段から目立つクラスのリーダー的な存在の数名だけで、おとなしいけれど、言いたいことははっきり言う私は普通じゃないらしい。そんな私を周りの人は小賢しいとか、女の子なのに生意気だとか、相手の気持ちを慮ってないとか、好き勝手言ってくる。だけど、学級会では考え中だとか同じ意見ですとしか言わなかった人たちが、決まったことにあとから陰でいろいろ言っている姿は、私から見ると謎でしかなかった。あとから文句を言うぐらいなら、なぜその時に言わないのだろう？　その後、以前の意見との違いを指摘してしまうと、周りから非難されることも学んだ。私はただ単に前は違う意見だった人が、一八〇度意見を変えたきっかけや根拠が知りたかっただけ。そのほうがよりよい結論が出せると思ったから。そんなこと言ってないと言い張る人たちはなんで嘘を吐くんだろうと思っていたけれど、どうやら、多くの人は自分が言ったことをそんなに細かくは覚えていないらしい。自分自身の記憶力がいいほうだと気付いたのもこの頃だった。誰がどういうことを言ったか、どんな場面だったか、細かく覚えている。

そんな調子だったから、普通にしようと思っても、どうすれば普通になれるかわからなかった。私からすれば、おかしいのはみんなだ。でも、人それぞれなんだから違ってたっていいじゃない。私に合わせて欲しいなんて言わないから、私に合わせろと言うのはやめて欲しかった。周囲は私がハーフだから違うのだと思うことで自分たちなりに納得しているようだった。でも、本当にそうなの？　いいことも悪いことも全部、私がハーフだから？　勝手に半分にしないで欲しいんだけど。私は私。でも、私がハーフじゃなかったら、みんなと同じようにできてたの？

私が小さい頃には〝人外〟〝非人〟〝化けもの〟という呼び方をしてくる人もいた。ハーフのことは〝半人外〟〝半非人〟〝混血〟などと呼ぶ人もいた。徐々にその呼び方は失礼だという風潮になり、今では〝妖怪〟が主流となっていた。さらに、〝妖怪〟の漢字の意味がよくないということで、〝ようかい〟とひらがなで表記されることも多かった。初めて〝陽可意〟などの当て字を見た時は、何を示しているか理解するのにしばらくかかってしまい、思わず笑ってしまった。別に妖怪の漢字の意味なんて、ほとんどの妖怪たちは気にしないのに。個人的には〝妖（あやかし）さん〟という呼び方が好きだ。

〝もののけ〟も悪くない。だけど、問題なのは呼び方じゃない。どんなに呼び方を変えても表記を変えても失礼なやつは失礼だし、言葉狩りのように特定の呼び方や表記を禁じたところで、根底にある意識がネガティヴな限り、また別の言葉にネガティヴな意味が込められてしまう。変えなきゃいけないのは、呼び方じゃなくて考え方なのに。表面をいくら取り繕ったって、根底が変わらなきゃ何も変わらない。

私は半分メリーで半分人間のハーフ&ハーフ。あの子はサキュバスとインキュバスのハーフ&ハーフ。人間だろうと妖怪だろうと、有性生殖で生まれてきた以上、みんな両親のハーフで、祖父母のクオーター。だから、私がハーフならみんなもハーフだ。感情もあれば好き嫌いもあるし、お腹だってすくし、心も身体も傷つく。至って普通に生きているのに、なんでわざわざハーフだのクオーターだの特別視するんだろう。そんな疑問を常に抱えながら、あの子に出会うまで学校には私の居場所なんてずっとなかった。あの子に出会えたのだから、その点だけは学校に行けたことを感謝したかった。でも、あの子ともう一緒にいられないなら、最初から出会わないほうがよかったの？　母の言うとおりにすればよかったの？

あの出来事以降、お偉いさんは表面上は何事もなかったかのように接しようとしてくるけれど、腫れ物を触るような扱いになった。それでも、仕事をたくさん回してくれるのは、罪滅ぼしだと思っているのか、それとも徹底的に搾取しようと思ったのか。仕事を引退することも考えていたけれど、あの子がいなくなって以来、考えることを放棄した私は惰性で大学を卒業し、辞めるタイミングを失って流されるままに仕事をこなした。

感情を出すのが苦手な私に演技なんてできるのか心配だったけれど、本番の声がかかるとスイッチが入ったように別人になる感覚が気持ちよかった。母からは抑えないといけないとずっと言われてきた感情をようやく出せる場所だった。それはまるで誰かに自分を丸ごと明け渡すような感覚で、演技している間は今まで忘れていた感情表現を思い出すと共に、大嫌いな自分が消える気がした。そんな私の演技は目の表情まで豊かだと評判になり、いろいろな仕事が回ってくるようになった。台本は記憶力のよさが幸いし、数回読んだら覚えられた。恋人を作ることには興味がなく、スキャンダルの可能性が低いということで、事務所としていろいろと使い勝手もよかったらしい。

そのうえ、自分の意思で見た目の年齢を変えられる。さすがに乳児や老婆になるのはちょっとしんどいけれど、幼女から大人まで自由自在。十歳分の見た目を変えるのに、だいたい五分もあればなんとかなる。元々メリーは人間と比べると加齢が見た目に表れにくい。何年も会っていない母も八十年は生きてるはずなのに、見た目は少女にも見える。人間とメリーの両方の血を引く私は、どれぐらい生きるつもりでいればいいのだろう。人間のように八十年ぐらいなのか、メリーのようにもっと長い人生が待っているのか、あまりに漠然としていてどう人生設計をすればいいのかわからなかった。メリーにはなりたくない。だけど、何になりたいのかと問われると、どう答えていいかわからなかった。

母のように見た目年齢を一定に保ち続けられる妖怪や半妖はとても多いけれど、自由自在に変えられる者は少ない。初めて変異して以降、特訓を重ね、自分の意思で見た目年齢を変える方法を会得した私は〝永遠の美少女〟として売り出されると、仕事の量はさらに増えた。一度コツを掴んでしまえば、見た目の年齢を変えるのは簡単だった。悲しいことを考えればいい。何も言わずに逝ってしまった父と、何も言えずに行ってしまったあの子のこと。泣きたくなる気持ちを抑え込むと、身体が熱くなって、イメージしている年齢に変化できる。泣くコツを一度覚えると、すぐに泣けるのと同じような感覚だった。でも、人間はとても飽きやすい。この仕事だっていつまで続けられるのかわからない。

父を失うというのは、私にとってこの世界における人間の後ろ盾を失うのと同じことだった。一応ハーフである私は、人間の年齢で二十二歳までは法律上は人間でもあり妖怪でもあるとみなされる。その後、延長手続きを行えば三年間の猶予期間があるけれど、二十五歳の誕生日には人間としての戸籍を選ぶか、人間の戸籍を捨てて妖怪として登録を行うか、他の多くの国と違って、この国ではどちらかを選ばないといけない。ほぼ全ての半妖が人間を選ぶ。どう考えてもこの国で生きていくうえで法律的に人間のほうが有利だから。人間かメリーか、どちらもそんなに好きではないけれど、どちらも私を構成しているものなのに、片方を選ぶなんてできなかった。そして、仮に人間を選んだとしても周りの目が変わるわけではない。戸籍上は人間になっても、世間から見れば半妖はいつまで経っても半妖でしかない。法律と現実は違う。

あの子は元々一〇〇%妖怪だから、一緒にいられるなら妖怪を選ぶのも悪くないと思っていた。それか、私が人間を選んだほうが一緒に生きていくには都合がいいと言うなら迷わずそうしていた。でも、あの子はもういない。どちらを選んでも、どちらも私なのに。なぜ、どちらか選ぶ必要があるのだろう？

「適用除外申請書？」

「そう。キミ、一応半分だけ人間だよね？　そうなると労基法とかうるさいからさ」

「これにサインするとどうなるんですか？」

「キミも二十五歳で人間か妖怪かどっちか選ばなきゃでしょ？　で、うちではみんな妖怪選んでもらってんだけど、でも、それまでの数年間は自分自身の意思で法律とかそういうしがらみから離れて自由に働きますっていう意思表明っていうのかな。衣食住はこちらで保証するし、給料も払う。君が損することは何もないからさ。大丈夫、うちの事務所はみんな人外……じゃなかった、妖怪選んでるから。キミにとってもアドバンテージだから、ね。頭のいいキミなら、どちらが得かわかるだろう？」

要するに、労働者としての権利を、人であれば認められるはずの当然の権利を、全て放棄しろということだった。昔はこの業界でも労働時間の上限も最低賃金もあってないようなものだったと聞いたけれど、今はいろいろとうるさく、最低限は守られるようになってきているらしい。だけど、働くのが〝人間〟じゃなかったら？　その存在自身が私は人間じゃないと宣言していたら？　そうなると人間であれば適用される法律が一切適用されない。さらに、私のように見た目年齢が変えられる者がいれば、時間の制限が厳しい人間の子役をわざわざ使わなくても撮影が行えるし、子役には決して許されない際どいことも許される。私を守るものは何もない。だって、人間じゃないから。愛護団体がうるさい動物タレントのほうが半妖や妖怪よりもよっぽど大事にされている。キミの意思を尊重すると言いながら、サインをしないと仕事を干されるのは目に見えていた。少なくとも半分は人間として扱われてこの状態だったら、人間じゃないとなったらこれ以上どんな扱いをされるんだろう。

そして、私が必死に抵抗をした結果、落としどころとしてサインをしたのは、あくまで「労働関連法に限定する」と明記された適用除外申請書のはずだった。

だけど、起きている時間のほとんどを仕事に拘束されている状態で労働者としての権利を奪われるのは、人間としての権利を奪われることと限りなく等しかった。昼も夜もなく、ろくな休憩も取れない状態なのに、さらに詰め込まれる仕事。あの頃、一度は乗ってみたいと思った飛行機にもしょっちゅう乗るような生活は、自分自身をどんどんすり減らしていくような毎日だった。現実の空の旅は、疲れすぎて離陸前に眠ってしまい、着陸の衝撃に起こされることがほとんどだった。消えることのない目の下のクマも化粧で隠して、点滴を受けた直後にカメラの前で求められるままの感情を見せる。確かに衣食住は確保されているものの、飼われているのとどう違うんだろう。一応給料もくれるので、妖怪には給料を払わず現物支給のみのほかの事務所よりはマシと言われても、そんなの比べたって意味がない。

仕事の内容もどんどん過激になっていく。替えがきかない仕事だからと言われるけれど、私がいなくなっても別の誰かが同じ目に遭うだけ。街を歩いていると、全然知らない人に声をかけられることもすでに日常茶飯事だった。一緒に写真を撮ったり、サインすることを求められたり。有名人だから仕方ない、有名税だと言われても、なりたくて有名になったわけじゃない。一般人だとか有名人だとか、みんな人間でしょ。別に私じゃなくてもいいと思うんだけど、とりあえずテレビで見かける顔だから記念にもらっとけぐらいな感じだろう。

もっと嫌なのは盗撮されること。移動中に、食事中に、ただ単に歩いている途中に、何も言わずにスマホのカメラを向けるのはやめて欲しかった。しかもそれが勝手にネットへ上げられていく。外へ出るのが面倒くさくなった。そして、私やあの子のことを気持ち悪いとかボロボロに言ってた人たちが、仲良かったとか親友だったとか手のひらを返したのも、ひたすら面倒くさいだけだった。あれだけテレビに出ていればお金持ちだと勘違いされてしまうのか、お金目当てにすり寄ってくる相手もいた。悪いけど、私はそんなに金持ちじゃない。ほかの事務所や人間の有名人は知らないけど、私自身はどれだけ働いてもどれだけ有名になっても給料は変わらない。

叶わないことだけど、普通の人間として、普通の人生を送ってみたかった。

最早、何が普通なのか、普通が何かもわからない。

父が亡くなって以来、母とも数えるほどしか会っていない。今の私を母はどう思っているのだろう。雑誌やテレビに映った私を見てくれているんだろうか。父が生きていたら、なんて言っただろう。指示されたどおり台本に沿って笑って、泣いて、怒って、私の本当の感情はどれなんだろう？　私の名前はなんだっけ？　ふっと意識が遠のく瞬間が増えてきた。恋愛ドラマのヒロインじゃあるまいし、何度も倒れて嫌になる。どうしてこうなっちゃったんだろう。こんなはずじゃなかったのに。

最近になってさらに増えてきた仕事は、クイズ番組やバラエティ番組だった。受け答えが浮世離れしていて面白いだなんて、笑われるために呼ばれているのは明らかだった。ちょっとした違いを大袈裟にあげつらって、何が面白いのかちっともわからない。

あの子の名前の表記を変えて私の芸名にしていたから、仕事をしていると私はあの子の名前で呼ばれる。元々私の名前を呼ぶ人は家族とあの子ぐらいだったから、どちらとも会えない今、本名で呼ばれるのは病院や銀行に行ってフルネームで呼ばれる時ぐらいだった。

長いこと会ってないあの子は、どんな声だっけ。どんな匂いだっけ。大学で習った単純接触効果とかいうのを思い出す。このまま会えないとどうなるんだろう。会いたくてたまらないのに、忘れたくないのに、思い出せないことが増えてきた。あの子はほかの人だと覚えていないような、私の些細なひと言もいつも覚えてくれていた。だけど、これだけ長いこと会わないと、きっと私のこともどんどん忘れていってるだろう。

もう消えてしまいたいと囁くのは誰の声だろう。

もう疲れた。

もう限界だ。

今週も土曜日二十六時というか、日曜日午前二時頃。

月曜日は私の二十五歳の誕生日。人間か、妖怪か、正式に選ばなければいけない日。

この土日は久々の連続した休みだった。人間としての最後の数日を好きに過ごせという情けのつもりなのか。

週が明ければ朝イチでマネージャーと社長に役所へと連れていかれて、人間戸籍を放棄する書類を書かされるだろう。どちらも嫌いだけれど、どちらも私。どちらかを選ぶなんてやっぱりできない。

そうか、だったら二十五歳を迎えなければいいのか。ここはマンションの高層階。ベランダなんてないけれど、最近さらに痩せたこの身体だったら、縦長の窓を全開にすれば通り抜けられる。空を飛ぶってどんな感じだろう。それとも、どこかの海へ行こうか。泳げない私だけどそのまま沖へと歩いていけたら、人魚姫みたいに泡となって消えられる気がする。生きる気力がなくなると、妖怪は消えてしまうらしい。これだけ自分自身を否定しながら生きてきた私がまだ消えずにいるのは、私の身体を流れる父から受け継いだ人間の血と、あの子の存在があったからだと思う。だけど、あの子がいなけりゃもう生きる意味もない。

でも、もしあの子の隣にまたいられるとしたら。

どうせこの世から消えるなら、最後に一度だけ賭けてみようか。これで駄目だったら、その時は……。

ねえ、あなたが今何をしていてもいいの。
見た目とか、性別とか、年齢とか、そんな些細なことどうでもいい。
どんなあなたでもいい。どんなあなたでも、あなたはあなただから。
だから、謝りたいの。
だから、帰ってきて。
だから、［会いたい］

encore

今日は夫の命日。朝のうちにお墓参りを済ませ、昼過ぎには帰宅しました。今日と明日は非番ですので、昼食は家でとることといたします。

娘も出て行ったこの家は、わたくし一人で過ごすには広すぎて、ここを売って小さなマンションでも買いたいところですが、人間ではないわたくしが家などの大きな契約をするのはとてもハードルが高いのです。幸いなことにご近所さんも特に仲がいいという訳ではありませんが、つかず離れず、日常生活に困らない程度のご近所付き合いは普通にできていると思います。引っ越したとしたら、理解のある方々ばかりがいらっしゃるとは限りません。また、わたくし自身もいつまで生きるかわかりませんので、維持のことを考えると戸建ての家を維持していくほうがいい気がします。震災で傷んだ部分も修復できる部分は修復しました。心が離れてしまったとはいえ、幸せだった時もある夫や娘との思い出が詰まったこの家を離れ難いという気持ちもあります。

あの人の命日が近づいて、無性に食べたくなった、チキン味のインスタントラーメン。昨夜、仕事帰りに寄ったスーパーで買っておきました。料理ができないあの人が作ってくれた数少ない料理、それが料理と言えるのかわからないですが、それでもたまに作ってくれた味です。おネギがあまり好きではなかったあの人は、普通だったらおネギをのせるような料理に違うものをのせる人でした。娘もあまりおネギが好きではありません。

袋に入った麵をどんぶりにあけ、その上に生卵、刻んだカイワレをのせます。電気ケトルで沸かしておいたお湯を注いで、蓋の代わりにまな板を載せて待つこと数分。お行儀がよろしくないですが、一人きりの食卓ですので、テレビを観ながら食べ始めます。

少し癖のある味だけど、懐かしい味。これを食べるのは何年ぶりでしょう。あの人が出て行ってから、これを作るのは初めてかもしれません。さみしかった。あの人がいなくなって。だけど、やっぱりこの味は温かくて、付き合い始めた頃のあの人を思い出します。

テレビではお昼のニュースが流れています。

……ここ、国内では数少ない〝赤ちゃんポスト〟のある病院では……

以前、男児はメリーになれないと言われておりましたし、わたくしもつい最近までそう思い込んでいました。男児は生まれてすぐ養子に出していたそうです。もしかすると、赤ちゃんポストを利用したメリーもいたかもしれません。自分が産んだのが息子だったら、どうしていたでしょう。養子には出していなかったと思いますが、メリーとして育てることはなかったでしょうから、どう育てていいかわからなかったかもしれません。

わたくしの子は娘ですので、娘もメリーになる以外の将来を考えたこともありませんでした。それが娘にとってはプレッシャーになってしまったかもしれません。今も女性の方が多いですが、男性のメリーも存在します。考えてみれば、同性のほうが話しやすい内容だってあるはずです。特にお身体の悩みですとか、男性ならではの悩みは女性には言い難いこともあるでしょう。そして、メリーに生まれた娘だからと言って、全員がメリーになるような時代でもないのでしょう。

テレビをつけると、娘が出演している番組やＣＭが流れることも珍しくありません。それを見るのがなんだか嫌でした。しばらく会っていない娘の顔を見られるせっかくの機会なのに、今まで以上に別の世界の人になってしまった娘の姿を見るのが怖くて、普段はCMがない公共放送にチャンネルを合わせることが増えました。でも、娘が出演している番組は自動で録画できるように設定しています。容量がいっぱいになってしまったので、コールセンターのIT担当の同僚に相談すると、保存できる方法も教えてくれました。娘が出演している番組を見る勇気がないまま、保存したものは増える一方。娘が出ている雑誌なども買っては読まないまま棚の上に積み重ねている状態です。それでも、不意打ちのように映る娘の顔を見ては、ドキッとしながらも安堵してしまう自分がいます。

「え？　嘘……」

麺を掴んだお箸が空中で止まります。ぼんやりと眺めていたテレビの画面の中に一瞬映ったその顔は、とても見覚えのある顔でした。インタビューを受ける方の後ろを慌ただしく横切っていったその横顔は、娘、そしてわたくしと生き写しと言えるぐらいそっくりな顔……お母様？　消えていなくなってしまったと思ったのに。

もしかして、生きていらっしゃる？

ケータイを取り出して、たった今テレビで流れていた場所を調べます。少し遠いけれど、今から出れば今日中に辿り着き、明日の夜には帰って来られるはずです。生放送でしたので、お母様はまだあの場所にいらっしゃるはず。でも、お母様はわたくしに会いたくないから消えるようにいなくなってしまったのかもしれない。そうだとしたら、会いに行くのは迷惑になってしまうのでは。でも、でも、会いたい。お母様に会いたい。一目でいいから。残っていたラーメンをかきこみ、食器を洗います。

飛行機で行くか新幹線か、どちらが早いでしょう

――会えるかどうかわからないけれど。

迷いながらも玄関に置いたままの出張鞄に着替えを詰めます

――それでもやっぱり会いたい。

最低限の物だけ詰めたら、あとは行った先で買えばいい

――いなくなった理由も知りたいけれど。

火の元を確認し、玄関で靴を履いてから深呼吸

――言いたくないなら無理には聞かないから。

立ち上がって、玄関のドアを開けます

――お母様が元気で暮らしていらっしゃるなら、それでいいから。

戸締りをして、駅へと急ぎます

――だから、会いたい。

＊＊

無事に孫も生まれ、初めての正月。数か月ぶりに会う孫は驚くほど成長している。孫は目に入れても痛くないと言うが、一挙手一投足の全てが愛らしい。

元日は現在住んでいる街で夫側の一族と過ごした娘一家だが、こちらへは三日に帰省してきた。

娘夫婦は夕食の食卓につく前にいきなりジャンケンをしだし、何事かと思ったら、勝ったほうが孫の面倒を見ている間に負けたほうが急いで夕食を食べて交代するという役割を決めるためだった。結局、女房が「私が見てるから、今日ぐらいあなたたちゆっくり食べなさい」と言いだしたことでその勝負はお預けとなったのだが、この子たちは二人で育児をするのが当たり前なんだな。育児に関する話題でも、普通に会話に加わっている娘の夫。きっと、育休を取った俺の部下も娘たち夫婦も、母親だけではなく父親も一緒に育児をするのが普通なんだろう。その普通が羨ましい。

「そういや、そんなにお前は夜泣きしない子だったよな」と言った瞬間、三人からの視線が刺さる。

「それ、お父さんが知らないうちに全部お母さんが一人で対処してただけだって。私は夜泣きもだけど、黄昏泣きのほうがひどい子だったらしいし、ねえお母さん」

黄昏泣きってなんだ？　数週間は育児をしたから、だいたいのことはわかるつもりだったが、俺が知らないこともまだまだあるらしい。冷たくなった女房と娘の視線を中和するように、娘の夫が別の話題を振ってくれる。


いろいろあったが、皆で囲む夕食は賑やかで、いい正月になったと改めて思う。


今朝は女房が怠そうにしていることに気がついた。

「どうした？　調子悪いのか？」

「ちょっと風邪っぽくて。たいしたことないと思うんだけど、あの子たちに移しちゃったらどうしよう」

「あれだけ豪勢なお節やなんやを用意して、大掃除もして、疲れたんだろう。もう少し寝てたらどうだ？」

「でも、せっかくみんな帰ってるのに……」

躊躇する女房にせめて朝食は俺が用意するから休んでいるようにと伝え、台所へと向かう。

昨夜は冷たいものばかりでは身体が冷えてしまうだろうということで、お節と共に鍋を用意してあった。普段は野菜と豚肉のみだが、昨夜はさらにカニの脚を入れていたので、いい出汁が取れている。

その出汁を残してあったので、それで雑炊を作ろう。

俺の実家では鍋と言えば醤油出汁の寄せ鍋で、昆布だしで作るシンプルなしゃぶしゃぶは女房の実家の味だ。結婚した当初は味がない鍋なんて嫌だと思ったが、ポン酢やごまだれで食べる鍋もなかなか美味い。

冷凍してあったご飯を三膳分取り出し、電子レンジで軽く解凍する。その間に鍋で出汁を温める。沸いたところに解凍したご飯を投入。煮込んでいる間に冷蔵庫から取り出したもみじおろし、ネギ、刻んだ三つ葉、多めに作って残してあった大根おろしに、スプーンや取り箸を添えて食卓に並べる。もう一往復して人数分の取り皿、レンゲ、ポン酢、鍋敷きも運んでおこう。ご飯に出汁が沁み込んだところで溶き卵を二回に分けて加える。二回目は火を止めてから加えるのがトロトロに仕上げるコツだ。最後に蟹の身を載せたらできあがり。蟹の身は女房が昨夜のうちに雑炊用を取り分けて残してくれてある。

孫を抱いた娘が「お母さん」と言いながら台所に顔を出したが、俺と目が合って固まる。

鳩が豆鉄砲を食ったようとはこんな顔を言うんだろう。

「え、お父さんが料理？　え、なんで？」

「母さんちょっと風邪気味みたいだからな。これぐらいなら俺も作れるようになったぞ」

そこへマスクをした女房もやってくる。

「昨夜のお風呂のあとのおむつも全部お父さんがしてくれたのよ」

「は？　お父さんがおむつ？　なんで？」

「その言い方だと俺がおむつをしているみたいじゃないか。今のところいらんぞ。それより寝てなくて大丈夫か？」

「大丈夫なんだけど、みんなに移しちゃわないかだけ心配で」

「あ、お母さん、風邪薬出そうか？　お父さんじゃ場所わかんないでしょ」

「それなら、さっき出しといたぞ。でも、何かお腹に入れてからのほうがいいんだろ？　雑炊なら食べられそうか？」

「え、お父さん、何があったの？　え、中身別人？　宇宙人にでも乗っ取られた？」

実は最近、料理教室にも通い始めた。料理なんて恥ずかしい気もしたが、夕方の初心者向けクラスに実際行ってみると、似たような境遇の同世代の男ばかりだった。最初は包丁を握る手も覚束ない者がほとんどだったが、少しずつ手の込んだ料理も作れるようになってくると俄然楽しくなってくる。

娘の出産で手伝いに行っていた女房が帰って来て、俺が仕事に復帰した数週間後、久々の飲み会に出たあとに帰宅すると家の灯りが真っ暗だった。不審に思いつつ玄関に入ると、二階からうめき声が聞こえた。恐る恐る階段を上がると、女房が倒れていて肝が冷えた。意識はあったので事情を訊いたが、家事の途中でぎっくり腰になってしまい、そのまま倒れていたらしい。電話は一階にあるし、携帯も一階に置いたままで、誰にも連絡できなかったそうな。

翌朝、有給休暇を取って病院に連れて行くが、安静にしているしかないとのことで、特に最初の数日は立ち上がることすら苦労していて、家事なんてとてもできる状態じゃなかったので、さらに半休を数日続けて取らせてもらった。女房はおとなしい性格ながらも、丈夫な質(たち)で、今まで大病を患ったことはない。入院をしたのも出産の時ぐらいだ。結婚以来、女房がこんなに寝込んだのは初めてかもしれない。孫も無事に生まれ、自分たちもおじいちゃんおばあちゃんと呼ばれる立場になった。年を取って当然だ。離れて住んでいることもあり、自分の親は実家の近くで嫁いだ妹や親の妹にあたる叔母が世話してくれていたし、男の自分が介護をすることなんてよほどのことがない限りないだろうと思っていた。老後は夫よりも妻の方が先に倒れる可能性もあるのだと頭ではわかっていたものの、自分自身は何かあったら女房に介護をしてもらうものだと。けれど、自分が介護される側ではなく、介護する側になる可能性が一気に現実味を帯びた。そうなった時に、女房の面倒を見るのは誰だ。以前の俺だったら、何も考えず娘に押し付けようとしただろう。だが、娘には育児や仕事など自分の生活がある。そうなると、女房の世話をするのは俺しかいない。実は部長に昇進するという内示も出ている。もしかしたら現役で働きながら同時進行で介護をする側になる日もくるかもしれない。部長となるとより責任も重たくなるが、自分が働く会社なら、そういう時もきっとなんとかなるだろうし、部下たちが何かあった時には何とかするのが俺の仕事だ。

「お父さん、最近はいろいろと家事もしてくれて助かってるの」

「え、前は玄関に準備されたごみを捨てるぐらいで家事してるって言ってたのに？」

それを言われるとつらい。たしかに以前は、家事だってごみ捨てぐらいはしてると思っていたが、曜日によって違うごみの種類を把握して分別し、家じゅうのごみ箱から該当するものを回収し、玄関に準備するというずっとずっと大変な過程が見えていなかった。さらに、自治体指定のごみ袋がごみの種類によって違うので、その在庫管理も必要だ。間違ったごみ袋で出してしまうと、回収してもらえない。以前の俺がしていたのは全てお膳立てされた上での最後の最後の仕上げの工程だけだった。

「年に数回の記念日よりも、毎日のごみの日を覚えてる人と結婚したほうが幸せになれるってお母さん言ってたけど、今のお父さんなら両方覚えてるんじゃない？」

そうだ、いくら仕事が忙しくても、妻子の誕生日と結婚記念日だけは忘れたことが一度もない。毎年新しい手帳を買った時に一番初めにやることが誕生日と結婚記念日を記入することだ。妻子の年齢はとっさに出てこないが、自分の年齢もあやふやなので、そこは許してくれ。ちゃんと誕生日と記念日には毎回プレゼントを用意してきたし、それで家族サービスは充分できていると思っていた。だけど、記念日も大切ではあるが、日々の暮らしがあってこその記念日だったんだと遅ればせながら気付いた。女房とはあと何年一緒にいられるかわからないし、どちらが先に逝くかもわからないけれど、せっかく縁あって連れ合いとなったのだから、できるだけ末永く連れ添っていきたいじゃないか。最期の日まで。

キッチンに並んで立つと新婚さんって感じじゃない？　そのシチュエーションで照れる。

事実婚だから、籍は入れてないけれど、あ、いや、間違えました。婚姻届は出してないんだけど。

「籍を入れる」とか「入籍」と言うと、彼女に違うと指摘されるのだ。意味がほぼ一緒ならどっちでもいいじゃんと、ついつい思ってしまうけれど、明確に違うらしい。昔の法律では結婚とは夫の家の戸籍に妻が入ることを指していて、まさに文字どおりの入籍だった。でも、今の法律では結婚をする時は、それまで入っていた親の戸籍から抜けて、夫婦で新しい戸籍を作る。だから、入籍というよりも新籍とか創籍とか別の呼び方をしたほうがいいのかもしれない。今も入籍と呼ばれる仕組みもあるらしいけれど、再婚の時の子どもたちの籍に関係することで、少なくとも夫婦が結婚をすることを指して「入籍」と言うのは明らかに間違っているらしい。

＊＊＊

あ、あと男性が女性側の姓になると「婿養子に入る」と言われることもよくあるけれど、妻側の姓になる「妻氏婚」と「婿養子」もまた別のことらしい。あぁ、ややこしい。未だに僕と彼女が正式な形で結婚できないのは、結婚するとやはりどちらかが強制的に改姓しないといけないという時代遅れの法律のせいで、将来的に子どもを持つことを考えることもあるけれど、婚外子は法律的にもいろいろと不利になってしまうという問題もある。結婚するまでそれぞれ自分の名前で築いてきたものがあるのに、どちらか片方の名字に揃えろっていうのも無茶だし、親が結婚しているかしていないかで子どもに差をつけるなんてひどくない？　時代は変わっていくのに、なんでアップデートされないんだ。

別姓で結婚できれば万事解決という訳でもないけれど、結婚するには改姓が避けられないとなると最初の一歩でつまずいてしまうのだ。結婚するならそれぐらい我慢しろとか、結婚とはそれぐらいの覚悟が必要だとか、それぐらいしてもらえないなんて愛されてないいんじゃないかとか、いろいろ言われるけど、そう言ってくる人に限って自分自身が改姓する気がない側だったりするのが笑える。対等な関係で結婚したいのに、どちらかにだけ覚悟と負担を求めるってどういうこと？　改姓しないと愛してないなら、変えなかった側はなんなの？　僕らの場合は個人の我慢とか覚悟とかそういう問題じゃなく、お互いの経営する会社を巻き込んで経済的損失の問題なのだ。それに、たとえ会社レベルの話ではないとしても、生まれ持った名前をどちらか片方が捨てなければ人生を共に歩んでいく夫婦だと法的に認められない今の制度は謎でしかない。さらに謎なのは、他人の別姓婚に反対する人たち。別にあなたたちが夫婦同姓にしたいなら、今までどおりそうすればいい。だけど、別姓にしたい人は数のうえでは少ないのかもしれないけど、それぞれの理由で切実に困っている。

今までは結婚と言えば夫婦で同姓になることとほぼイコールで、中には仕方なく受け入れるしかなかった人も、不満を口にすることすらできずに飲み込んできた人も大勢いるだろう。それが当然だと思われていた、もしくは思い込まされていたから。もちろん、相手の姓になることが嬉しい人もいるし、その人たちを否定する気は一切ない。だけど、僕らの場合は別姓じゃないといろいろな問題が出てくる。たとえば、彼女は仕事で海外へ行くことも多いから、戸籍名が載っているパスポートと普段仕事で使っている名前が一致しないとトラブルの原因にもなる。改姓したうえで旧姓を使うのも、海外へ行く時はさらなるトラブルの原因になりかねないので避けたい。僕の場合、会社のこともあるし、亡くなった親や祖父母と繋がる唯一とも言えるものが名前だから、それを変えるのには抵抗がある。

彼女の外国の友人に別姓で結婚できないと話すと、「え、なんで？　婚姻届を出す時にそれぞれのファミリーネームで書けばいいだけでしょ？」と言われ、それだと役所で受理してもらえないんだと伝えると絶句していたらしい。

ほかの国では問題なくできるのにと言うと、よそはよそ、うちはうちなんて言われる。

そうだよ、よそはよそだから、僕たち夫婦のファミリーネームを強制的に揃えろと言わないで欲しい。


せめてどちらかが社長じゃなくなったら結婚もしやすいのに。そんな考えが頭をよぎってしまうこともある。

でも、彼女のために自分が社長を辞められるかというと、僕の代わりに社長を引き継げる人間は今のところいないし、従業員の生活を守らないといけないことを考えると簡単には辞められない。彼女のほうもそうだろう。自分ができないことを相手に求めるのはフェアじゃない。何より、生き生きと仕事をする彼女を見ていると、結婚するために社長を辞めてくれだなんてとても言えない。どちらかを世帯主としてもう片方を夫（未届）もしくは妻（未届）と記載することもできるけれど、そうなると少なくともどちらかが住民票を動かさないといけなくて、住民票を動かすとなると登記簿やら何やら会社の書類もいろいろと変更しないといけない。これから法律がどうなるかわからないけれど、もしかしたら数年以内に改正されて、別姓のまま結婚できるようになり、同じような手続きをまたやり直すことになったら嫌なので、とりあえず現時点では何も届出は出さずに現状維持ということになった。

僕よりも彼女のほうが会社も本人も知名度が高いし、規模、売上、業績、何一つ勝てない。だから、改姓せざるを得ないなら僕がするほうがまだ負担は少ないかと思うけど、どちらの会社にも従業員がいて、その生活を預かる社長という立場は同じだと彼女が言ってくれた。その従業員が人間じゃなくて妖怪だとしても、どちらの会社のほうが大事とか天秤にかけることはできないと。そんな彼女だからこそ一緒にいたいのに、そんな彼女だから今のままの法律では結婚するのが難しい。

彼女は若い女性の身ながらも、小さくはない規模の会社の社長をやっているということで、取材やら講演やらの依頼もよくくる。そんな彼女が最近特に嫌いな言葉が「女性が輝く」という言葉らしい。

女性に向かって輝けとか意味不明なこと言っておきながら、結婚するならファミリーネームは捨てろ、子どもを産むなら無痛分娩なしでキャリアは諦めるか母親だけワンオペでほかの人の何倍もがんばれ、そんで介護が必要な時はよろしく！　みたいな、それが輝く女なの？　女の人生にフリーライドしすぎじゃない？　育児や介護してない人並みに働きつつ、家のことも全部やるのが輝く女なの？　人権とか性教育とか、自分や大切な人を守るための大事なことはろくに教えないし、いざという時の緊急避妊薬だってなかなか入手できないし、輝く云々以前に、自分の人生や自分の身体のことは、自分で決める権利があるはずなのに！　と、先日もブチ切れていた。

あと、講演会のポスターに花とかリボンとか飛ばしすぎ！　ピンクも嫌いになりそう、ピンクに罪はないのに……だそうですので、女性活躍を推進する皆さん、活躍している女性本人の意見をもっとよく聞いたほうがいいと思います。ポスターのデザインとかイラストとか色使いとか、無意識のバイアスがにじみ出やすいところですので、お気をつけください。僕も気をつけます。

そんな細かいことぐらいでと思いがちだけど、その積み重ねが大きなダメージになるというのは感覚的に理解できる。一つ一つはたいしたことなくても、いろんな人から繰り返し言われる「かわいそう」とか「普通じゃない」という言葉や、見下されているような態度が僕もつらかったから。そういう小さな言動の積み重ねをマイクロアグレッションとか言うらしい。こういう用語は横文字が多くて僕もまだちゃんと意味を説明できないので、是非調べてみてください。

別姓のこともそうだけど、保育園や介護施設を必要な人が使えないせいで働きに出られない人も多いし、この国、本気で少子化対策する気あるのか？　と僕も思うようになった。僕の会社の従業員は妖怪だから、その子どもたちも基本的には妖怪。人間の保育園には預けられないので、僕の事務所の一角にはキッズスペースがある。親が仕事に出ている間、その日は派遣の仕事がない妖怪が交代で見ることになっている。もちろん、そのぶんの時給も会社で払っている。企業内保育所を作るのは現状では難しいけれど、今後チャイルドマインダーの資格を僕ともう数名が取ることも考えている。僕も子どもは嫌いじゃないので、みんなが忙しい時は僕が担当する日もある。海坊主や大入道も大きな身体で遊んでくれるので、子どもたちに人気だ。

中には親の片方は人間という子もいるので、その場合は人間の保育園が使えるはずなんだけど、希望した園にすべて落ちたという従業員が何人もいたので、事務所のキッズスペースがいっぱいになる日もある。子どもを預ける先がないせいで、働けない者がいるというのは人間も妖怪も同じだけど、妖怪の子は優先順位が低いというのが保活の世界では暗黙の了解らしい。もしかして、親が妖怪だと点数を下げられたりしてるのかもしれない。

なんで男なのに女性の働き方ばっかり気にするの？　なんて訊かれるけど、スキルのある妖怪に安心して働いてもらうためにできるサポートをしていたら自然とそうなったただけ。女性以外の妖怪が困っていたらもちろん同じようにできる限りのサポートをする。でも、女性、特に母親の立場の人に家事や育児の負担が集中する社会構造になってしまっているから、結果として女性に手厚いように見えるのかもしれない。そんな人に無理に働いてもらうことはないと僕も前は思ってた。そんな人がいたら、周りがそのぶん大変だから非効率だって。

でもね、育児や介護で働けないのってほとんどの人は数年間だけの話で、その間もフルタイムは無理でも短時間や週二～三日だったら働ける場合が多い。そして、ずっと同じ人がその状態ではなく、育児や介護やその他の理由で、誰しもフルには働けない時期がくる可能性はある。だったら、数年間のブランクを作るよりも、パートタイムで現場の勘や経験を積み重ねていってもらうほうが、長い目で見ると本人のためにも会社のためにもプラスになるんじゃないかなと思えるようになったのは、従業員たちといろいろ話し合ったおかげ。

最初は新しく導入してみたのに、実際に使う人が少なかったり、使いにくいと言われたりした時には、せっかくこんなに頑張っていろいろやってるのにと思ってた。でも、的外れなことをしても、効果がないのは当然で、やっぱり当事者の声を聞かないことには、ちゃんとした対策はとれない。少子化だって、産まない人が悪いんじゃない。産んで育てることが難しい構造になってしまっている社会の問題。女性が活躍できないとしたら、頑張るのは女性じゃなくて、社会なんだ。だから、頑張らないといけないのは僕ら。だって、活躍しにくい構造なのに活躍してくださいって、それこそ非効率的じゃない？　無理ゲーってやつだ。

さて、今日は僕が主食担当。彼女は副菜担当。外食が多くなりがちなので、定期的に野菜もちゃんと食べようと二週間に一回ぐらいは一緒に作って食べる。

いつだったか、実は料理が上手なんじゃないかと思ったけれど、やっぱり彼女は料理上手だった。そして、また別の時に「また言われたー。社長さんなのに料理なんかできるんですか？　って。役職と料理の腕前に相関あるんかい！　ほぼ初対面なのに勝手に決めつけんなよ！」とぼやいていたので、やっぱりあの時「意外と料理が上手そう」と思った言葉は飲み込んで大正解だったらしい。何となくバリバリ働く女の人は家事が苦手そうだと思っていたけれど、彼女やその友人、自分の会社の従業員を見ていると、バリバリと働いているからこそ、バリバリと効率的に家事もこなしている人も性別を問わず多かった。また、家事に時間をかけるよりもほかのことを優先させたいからと、上手に家事サービスを使いこなす人も多い。うちのお客さんもそういう人が少なくない。たしかに家事の腕前と仕事の腕前って別のスキルだから、どちらかが上手な人もいれば、両方苦手、両方得意な人もいて当たり前だし、なんなら家事もいろいろあるので、洗濯、掃除、片付け、料理などなど、それぞれ得手不得手があって当たり前。一緒に生活する人同士で納得して、それぞれのやり方で役割分担できるなら、それがいいよな。それがなかなか難しいんだけど。

僕も週末にまとめて作り置きとか家事の時短術とか、雑誌に載っているとついつい見てしまうけど、主婦向けの雑誌なのでちょっと恥ずかしいと思ってしまう。いい加減、〝デキる男の仕事術〟みたいな雑誌に、家事も入れて欲しいんだけど。〝素敵な主夫様〟みたいなカッコいい雑誌できないかな。え、タイトルがダサい？

今日の主食はミートソースグラタンスパ。

ミートソースも手作りする時はニンジンをすりおろして甘辛いミートソースを作るけど、今日は時間がないので、市販のやつを使う。このソースは常にストックしている冷凍品の一つだ。少し硬めに茹でたスパゲッティを耐熱皿の底に敷き詰め、その上に少し焦げ目をつけたソーセージと油で炒めたナス、さらにミートソース、シュレッドチーズを重ねて、上に粉チーズを振ったら、オーブンで焼くこと十五分。

焼いている間に彼女が作ってくれたのは三品。刻んで冷凍してある数種類の野菜をコンソメで味付けしたスープ。僕が作り置きしているジェノベーゼ風ソースにトマトとモッツァレラチーズを合わせたカプレーゼ。そして、サワークリームと明太子を混ぜたものに、さらに刻んだセロリを混ぜたサラダ。これはディップとしても使えて、クラッカーやパンに載せてもおいしい。

彼女の料理の腕前は上手というのに加えて、たくましいと表現したくなるような腕前だった。海外生活も長かったので、餃子の皮や麺も粉から作ったり、市場で売ってる丸鶏を調理したり、見様見真似で握り寿司を作ったりしていたらしい。

「だって、その辺のスーパーとかじゃ売ってないし、あっても高いんだもん。調味料は帰国した時にある程度買って帰れるし、ものによっては送ってもらえるけど、もやしなんて高級食材だから大豆から栽培できないかっていろいろやってみたし、ネギはみんなで窓辺にコップ置いて水耕栽培してたから、よく貸し借りしてた」

海外の学校生活は派手な生活をしてそうなイメージを抱いていたけど、実際は学校に行く時はパーカーとジーンズにスッピンが当たり前。気合を入れてめかし込むのは試験が終わったあとにある打ち上げ的なパーティーやイベントの時ぐらいなので、年に数回程度で、週末は寮のみんなで買い出しに行って、自分の国の料理を作って持ち寄って食べることが多かったらしい。行った先の国や学校でもだいぶ違うみたいだけど、僕のイメージしていた海外の学校はドラマや映画の影響が強いようだ。

いつになったら、彼女と結婚できるのだろうと思うけれど、今の状態でもかなり幸せだ。

結婚ってなんだろう。家族ってなんだろう。正解は一つじゃないはずなのに、まるで一つしか正解がないような法律と世間のイメージ。それを変えていくのが僕らの世代なんだろう。

さあ、食事が終わったら打ち合わせをしなきゃ。法律婚はまだできないけど、いつもの店で内輪だけのお祝いパーティーを開いてもらえることになった。大切な人たちは僕らの関係を温かく見守っていてくれる人ばかりでありがたい。病める時も健やかなる時も、事実婚でも法律婚でも、一緒に幸せになりたいのはやっぱり彼女しかいない。

＊＊＊＊

自分が何者か、確信を持って説明できるひとはどれぐらいいるのだろう。

氏名、性別、生年月日、国籍または種族……。

ほとんどの人が性別で迷うことはないんじゃないだろうか。でも、自分はまずここでつまずく。

身体の性別？　心の性別？　男……じゃなければ女なの？　そもそもそれって二択なの？　決められるものなの？

どっちでもいいじゃん、気にするなと言う人もいるけど、本当に？　本当にどっちでもいい状態で生きていける？　こんなに性別に雁字搦めにされている社会なのに？　気にするなと言える人は、そんなに気にしなくても今まで生きてこられたからだと思う。人の特徴を述べる時、身長がどれぐらいの男性とか、何歳ぐらいの女性とか、自然と性別が判断基準の一つになっている。性別はアイデンティティとはなかなか切っても切り離せない。

自分の身体は部分的にインキュバス、部分的にサキュバス。中身はどうかと訊かれるとわからないけれど、身体の性別と心の性別が一致しないと言われるのも違和感しかない。ましてや、それが障害だと言われると、なんで？ と思う。だって、自分は自分だし。だいたい、心に性別なんてあるの？

普段生活している店の仲間やその周辺の人たちはそんなことを気にしないでくれるというより、こちらが気にしないで済むように極々自然に接してくれる。性別がない妖怪、性別が二種類じゃなくて三種類以上ある妖怪、性別が変わる妖怪などいろいろいるので、みんな慣れているというかお互い様でもある。他人の性別やプライベートな部分にあれこれ言わない居心地のいい環境が当たり前になってしまったけれど、一歩外に出ればそうじゃない。

今では住み慣れた街を離れて、また大学に通う日々が来るとは思わなかった。と言っても実際通うのは数日だけなんだけど。一度大学を中退してしまうと、もう一度最初からやり直すしかないと思っていた。でも、足りない単位を取得する形で学士、つまり大学の卒業を目指せる道があることを知った。中退する前に卒業に必要な単位を七割近くは取っていたので、残りの単位を通信やスクーリングを組み合わせて取得して、試験などを受ければ卒業できる。店での仕事には学歴なんて関係ないし、別に絶対に大卒じゃなきゃ困るという訳ではないんだけど、みんなで食事をしている時に人間の学校の話になり、実は途中までだけど大学にも行っていたという話をした時に、結果的に中退することになっちゃったからちょっと悔しいと言ったのを店長たちが覚えていて、この方法を探してくれたのだ。

すでにいくつかの単位はオンラインで授業を受け、レポートを提出する形で取得している。仕事の前後や休日に勉強するのはなかなかきつかったけれど、目標もなくダラダラと大学に通っていた時と違い、集中して短時間で効率よく勉強できていると思う。昔はレポートのテーマがなかなか決まらなかったけど、店で働いて、いろいろな人に出会って、世界が広がったおかげで見えてきた、あの頃には見えなかったものの中にテーマが見つかることも多い。

今週は集中講義を受けるため、少し遠方の大学に泊まりがけでやってきた。店を休むことになるけれど、有給休暇あるんだから堂々と休んでよと快く送り出してくれた店長、マスターやみんなには感謝しかない。今回はＬＧＢＴ研究の授業。グループワークを含んだ集中講義を受け、最終日にグループ発表がある。この講義を受けるかどうか、ものすごく悩んだけれど、これを機に自分の性別と向き合ってみようと思った。

自分でも混乱するし、いろいろな情報があるから、まだ上手く説明できないんだけど、いろいろとややこしくなってしまっているのは、性自認、性表現、性的指向をごちゃまぜで考えている人が多いから。そして「普通」だと自分が思っていること以外は「異常」と思っている人が多いから。

まず、性自認は自分がどの性別だと自覚しているか。多くの人はどちらか片方の性別だとはっきり自覚していると思う。でも、中には無性という人もいて、自分も無性というのが一番感覚的に近い気がする。

次に性表現は、服装や言動など自分がどんな性別としてふるまいたいか。これもどちらか片方の性別に寄っている人が多いと思うけど、自分はきっと固定したくないんだと思う。

そして、性的指向はどんな性別を好きになるかならないか。異性なのか、同性なのか、両性なのか。さらに恋愛感情を抱かない人、抱きにくい人もいるので、恋愛するのが当たり前という前提自体が当てはまらない人もいる。自分の場合は、どうだろう。彼女のことが一番大事だけど、それは恋愛なのかと言われると自信がない。性的指向もだけど、性自認も性表現も途中で変わることもある。だけど、本人以外の周りが「まだわかってないだけだから、そのうちわかるよ」みたいにわかったようなことを言うのはちょっと違うんじゃないかな。

それと、身体的な性。これも二種類しかないと一般的に思われているけれど、そうじゃないという例が自分だ。恐らく、多くの人間もキュバスも、違う性別になりたいと思ったことはあっても、自分の身体的な性別がよくわからないという経験は少ないんじゃないかと思う。

妖怪によっては身体的な性が人間とはだいぶ違う種族もいるけれど、キュバスは人間と身体の構造はあまり変わらないらしいので、「普通」と言われるのは、身体的な性と性自認、性表現が一致していて、人間の場合は異性と恋愛する人たち。キュバスの場合は同性と恋愛する人たち。それが「普通」。だから、自分は普通じゃない。

でも、最近ではLGBTではなく、SOGIという考え方もあるらしい。LGBTはレズビアン、ゲイ、バイセクシュアル、トランスジェンダーと呼ばれるセクシャルマイノリティ、要するに少数派の人たちを指す言葉の頭文字を取っているけど、少数派の中にもこの四つのカテゴリーには当てはまらない人もいる。LGBTQとかLGBTQQIAAPとか、全てのマイノリティを入れようと思ったら何文字あっても足りないかもしれない。

だけど、性的指向と性自認、Sexual Orientation and Gender Identityを略したＳＯＧＩは少数派ではない人も含めて、どんな人を好きになるかならないか、どんな性別で生きるのがしっくりくるかということだから、特定のカテゴリーではなく、どんな人にも当てはまる二種類の尺度の話。最近ではさらにＳＯＧＩＥとしてＥを足して、Gender Expression、性表現も付け加えることもあるらしい。

ややこしいのは、異なる尺度をすべて一緒くたにして考えている人が多いから。だから、ホモ（この言い方は嫌だけど！）は心が女性とか、レズ（この言い方もよくないんだけど！）は男になりたい女性のことだとか、そういう誤解がなかなかなくならない。同性を好きになるか、異性を好きになるか、性別関係なく好きになるかという話と、しっくりくる性別と身体の性別が違うというのは別の話なんだけど、よくごっちゃにされている。

初日はしばらく講義を受けたあと、グループワークで一緒になる人たちと顔合わせをした。

せっかくＬＧＢＴの授業なんだから、自己紹介がてら自分のセクシャリティとかも言いません？　とグループの人に言われた時はどうしようかと思ったけれど、同じグループの人が即座に笑顔で、でもきっぱりと反論してくれた。

「初対面で言いたくない人もいるかもですよ。せーので言うものじゃなくて、自分のタイミングで自分が言いたい相手だけに言うものじゃないですか？　私はまだ秘密にしておきたいです」

心の中でスタンディングオベーション！


その後の講義では先生がカミングアウトとアウティングに関しても説明してくれた。

「お互いを知るというのは理解するための第一歩です。ですが、個人的な情報を開示するかどうかは個人の意思が尊重されるべきですし、それによって危険や不安を感じるようなことはないというのが理想です。また、本来どんなセクシャリティであっても、恥ずべきものではないですし、他人が認めるとか認めないという性質のものではありません。ただ、残念ながら、カミングアウトによって傷つく人もいるのが現状です。言うか言わないか、いつ言うか、誰に言うか、全て個人の意思が尊重されるべきものです。ごめんなさい、最初にこの話をするべきでしたね。私のミスです。今回の参加者の中にもいわゆるＬＧＢＴなどに当てはまる人がいるかもしれない。これだけの人数がいれば、きっというでしょうけど、たまたまいない可能性もあります。でも、それはどちらでもいいんです。この教室でも、教室の外でも、自分のセクシャリティを開示するのもしないのも決めるのは自分自身です。ところで、他者が開示したくないセクシャリティを本人の同意なく勝手に暴露することをアウティングと言いますが、それによって痛ましい事件も起きています」

ほかの大学では同性愛者だと勝手にバラされたせいで追い詰められて自殺してしまった人もいるらしい。きっとそれは氷山の一角で、公になっていないケースはきっとたくさんあるんだろう。セクシャリティの話に限らず、誰かに聞いた話を何気なくほかの人に話しちゃうこともあるけど、もしかしたら自分だけに話してくれたことだったのかもしれない。自分でも気を付けなきゃと思った。

学内の廊下を通ると、掲示板に就活の情報が出ている。あの頃の嫌な記憶が蘇る。少ししか就活していないけれど、その少しの期間でも自分が世の中から必要とされていないと感じてしまうぐらいにはつらかった。バイトを探す時もそうだったけど、履歴書は性別欄が二択で丸をつけないといけないし、ウェブで応募するにも性別が必須項目で、男か女を選択しないと応募できないところがほとんどだった。結果として店長たちに拾ってもらうことができて、今は自分の居場所があるからこそ嫌な気持ちが蘇りつつも、あれも経験だったと強がって言えるぐらいにはなったけど、あの時は危うくこの世から消えるところだったわけで、もし店長やマスターと出会えていなかったら、自分は今ここにいない。

朝から夕方までみっちり詰まった授業を受けて、普段とはなんだか違う疲れ方のオーバーヒートしそうな頭と重たい身体を引きずって昨日のうちにチェックインした部屋に帰る。学校が紹介してくれたウィークリーマンションはキッチン付きなので、帰り道のスーパーで買ってきたアルミ鍋に入ったうどんを開封し、カットネギ一パックと刻み揚げも山盛り乗せて火にかける。

いつもは練習中も勤務中も身体を動かすので、普段からわりとガッツリ食べるほうだ。講義で座って聞いてるだけだとお腹が減らないいんじゃないかと思ったけれど、一気にすこんとお腹が減る。こんなふうに頭を使うのは久しぶりだから、この感覚忘れてた。

そして、初日で学んだ。昼食を食べすぎると睡魔が襲ってくる。だから、明日からお昼はほどほどで我慢。なかなかオシャレな学食で、メニューも多国籍で面白いし、美味しかった。昼食だけじゃなくて、朝食の時間にも学食が開いていることがわかったので、明日は朝食をガッツリ、昼食を控えめの作戦でいこう。お昼を食べたあとの授業で眠くなるのは昔もだったけど、それなりの成績で卒業さえできればいいやと思っていたから、ウトウトしてしまっていたこともしょっちゅうあった。今は学費も旅費も自腹で払ってきているので、無駄にはしたくないという気持ちのほうが強い。

出汁が沸くのを待っている間にトースターにホイルを敷いて、切り餅を並べて焼く。うどん一玉だけじゃ絶対足りない。

グツグツしたところにうどんを投入し、少し煮込んでから卵を割り入れて、白身が固まりかけたら膨らんで焦げ目が少しついたいい感じの切り餅と、仕上げにカットネギをもう一パック。煮込んだネギとシャキシャキのネギ、両方楽しめるネギ山盛りうどん。写真を撮って彼女に送るとすぐに返事が返ってきた。食べながら少しやりとりをして、明日のメニューも決まった。同じ場所にいなくても、また彼女と当たり前のように何気ないやりとりができるなんて、なんて素敵なことなんだろう。

さあ、明日に備えて資料も読んでおかないと。食べながら読むと資料にお汁を飛ばしちゃいそうだから、残りのうどんをさっさと食べてから、家から持ってきたお気に入りの紅茶でも淹れて、集中して読もう。

働き始めてから、自分の心身をメンテナンスすることを意識できるようになったのも成長だ。資料を読み終わったら軽くストレッチをして、お気に入りの入浴剤をぬるめのお湯に入れてゆっくり浸かったら、早めに寝よう。体力も気力もしっかり回復しておかないと。

だって、もっといろいろ知りたい。それは、気力のいることだけど。
もっとちゃんと向き合いたい。世の中とも、彼女とも、そして何より自分とも。
自分のことも、彼女のことも、今度こそちゃんと大切にしたいから。

＊＊＊＊＊

あともう少しの我慢。もう少ししたら、すべて決着がつく。

何かあったらすぐ連絡してと言ってくれる、あの店の店長やマスターや同僚たち。店のオーナーだという人が紹介してくれた、頼れる弁護士さん。そして何より、あの子。久々のオフは久々に一人で過ごす。あの子と再会して、いろいろあって、今は一時的にまた離れた場所にいるけれど、また会えることがわかっているから耐えられる。もう独りじゃないから。

普段はそこまで食に興味がない私だけど、たまに無性に食べたくなる紫蘇やきそば。たまに「ハーフって何食べるの？」と訊かれるけど、別に普通。ハーフと言ってもこの国で生まれ育った妖怪の母と人間の父の間に生まれただけだし、食べ物も普通だと思う。人間と違うものを食べる種族ももちろんいるけれど、少なくとも母はそのへんで普通に手に入る食材で普通の食事を作ってくれていたし、幼い頃に家族三人で外食をした時もそのへんの普通のお店に行っていた。妖怪は人間以上に多種多様なので、ハーフや妖怪ってひとくくりにされても、それぞれバックグラウンドが違いすぎる。なので、私が答えられるのは、あくまでも私自身の立場から見ている私自身の話。だから、私の話を聞いて、ハーフはみんなそうだとか、妖怪はみんなそうなんだと決めつけるようなことはしないで欲しい。

インスタントのやきそばをフライパンで作り、火を止める直前に刻んだ紫蘇を乗せるだけ。あまりインスタント食品を使わない母だけど、このやきそばと、かいわれを載せたチキン味のラーメンはうちでもたまに作ってくれていた。インスタント食品をそのまま食べるのは何か負けた気がするのは母の教育の賜物か。私が幼い頃から母も働いていたので、お惣菜なども上手く取り入れながら、バランスのよい食事をいつも用意してくれていた。手抜きでごめんねと言われることもあったけど、フルタイムで働きながら家族のために食事を用意したり、ほかの家事をしてくれたりするのはどれだけ大変だっただろう。あの頃の父、家のことは何もしなかったもんな。たまに早く帰って来たと思っても、書斎に籠るかリビングでごろごろするか。同じ家に住む家族の一員というより、お客さんという感じだった。父のことは好きだったし、亡くなった今も尊敬してるけど、母から見た父はどうだったんだろう。夫婦間のことは娘の私にもわからない。結婚してお互い幸せって思えたのかな?

スマホが震えて、メッセージの受信を知らせる。

あの子から送られてきたのは、緑色の山？　麺どこ？　と言いたくなる写真。食べかけだけど、私も紫蘇やきそばの写真を送り返す。

「昔うちでたまに食べてた紫蘇やきそば。」

「懐かしい！　明日それにするわ」

「じゃあ、私は明日おうどんにしようかな。おネギ、そんな山盛りはいらないけど!!」

「ネギおいしいのに。見えないけど、おもちも入ってるよー」

「うん、おもちもいらない。そんなに入んない。」

「そっかー。じゃあ今度一緒に作って分け分けしよう。そしたらおもちもいけるでしょ？」


そんな何気ないやりとりが嬉しい。同じ場所にいなくても、日常をこうやって分かち合える人がいるって、なんて贅沢なことなんだろう。ネギ、前よりは食べられるようになったけど、今もあまり得意ではない。昔、一緒にいた頃は、何も言わなくても私のお皿にのっているネギはあの子が全部食べてくれていた。

今では当たり前のような顔をして使っているけど、少し前までもたもたと操作していたスマホ。あの子とまた頻繁にメッセージをやりとりするようになって、あっという間に入力にも慣れ、普通に片手でフリック入力している。最近はスタンプで遊ぶことも覚えたので、スタンプも初めて購入した。仲良くなったあの店の皆さんともちょいちょいやりとりしてるし、いくつかグループにも入れてもらった。個人のスマホに入っているのは母とあの子だけだったから、一気に増えてなんだかスマホの中が賑やか。

あの時、どうして自分で自分を終わらせようと思ったか、今となっては自分でもわからない。

だけど、あの時はそれしかないと思っていた。本当はそうじゃないはずなのに、それ以外の方法が見えなくなっていた。あの時終わってしまっていたら、あの店のみんなと出会うことはできなかったし、あの子とまた一緒に笑える日も来なかった。二十五歳の誕生日、人間としての権利を正式に放棄しないといけない日にあの子と再会を果たして、それからの数日間は今思い出してもまるで映画でも観ているみたいで、現実感がないぐらいドラマティックで、今まで演じたどの台本よりもスリリングだった。

今まで強くならなきゃ、強く生きなきゃと思いながら生きてきて、結果として折れてしまいそうになった。他人を信頼するなんてなかったあの子が心から信頼できる人たちに出会って、自分の居場所を見つけることができたことを知って、やっぱり私はもういらないんだと思ったけれど、あの子が信頼している人たちは、初対面の私も自然に受け入れて、助けてくれる人たちだった。

今回は弁護士さんに助けてもらったおかげで何とかなりそうだけど、法律の知識がないと搾取される立場になりやすいということがよくわかった。そんな状況に陥ってしまうと、自力で抜け出すのは難しい。

弁護士さんは若い女性で、彼女自身も妖怪ハーフらしい。おかげでとても相談がしやすかった。妖怪を担当することも多いらしく、私がハーフであることも、有名人であることも、いろいろと理解したうえで普通に接してくれたので、信頼できる人だなと思えた。弁護士としてはかなり若いほうだけど、法律だけでなく妖怪に関する知識も幅広い。

彼女を見ていて、将来的に困った人たちを少しでも手助けできるような仕事に就くのもいいなと思った。大学は一応心理学部で卒業しているので、大学院に行って臨床心理士を目指す道もあるけれど、この数年でカウンセラーの適性が自分にはないということは、残酷なぐらい自覚したので、将来のことはいろいろと落ち着いてから考えようと思う。あの子とも改めて相談したいし。

自殺なんてしそうにないタイプと周りからも言われたことがあるし、自分でもそう思ってた。でも、人の心の中はわからない。目の前で笑っている人が今夜突然自分自身を終わらせてしまうかもしれない。本当につらいことは、なかなか他人に話せない。だって、重たいから。

自分にはやっぱり向いていないと思うけど、母たちのコールセンターはそんな人を少しでも減らすために運営されていて、今の世の中に必要な仕事だと思う。きっとギリギリのところに立っている人たちが電話をしてくるから、相談を受けるほうも細かな対応が求められるだろう。電話で相談を受け続けて、母自身はつらくなったりしないんだろうか。母のことが心配になると同時に、母のことをあまり知らないことに気付いたのが、ついこの間。

もっと母と話したい。もっと母のことを知りたい。父みたいに突然いなくなってしまう可能性もゼロじゃないんだから。

そう思って、母とも少しずつやりとりを始めた。まだまだぎこちない感じはあるけれど、今からでも関係は改めて築いていけるはず。お互い生きているんだから。

次の父の命日は、母と一緒にお墓参りに行きたい。その前に、母にあの子をちゃんと紹介したい。あの子がうちに遊びに来る時は母がいない時を狙って来てもらっていたし、あの子と一緒に住んでいた時は母と私の関係が最悪だったから、実は二人がちゃんと会ったことはない。

そのうち、三人で父のお墓参りに行く日も来るかもしれない。

きっと、母も私もあの子も人間より長く生きるから。

少しずつ少しずつ、焦らずやっていこう。

すべての【はみ出し者】のあなたが、あなたでいられますように本書は二〇一八年八月に弊社より刊行された『デスコード』を加筆・修正し、改題しました。

本作品はフィクションであり、実在の個人・団体などとは一切関係がありません。

文芸社文庫

不協和音

二〇二一年二月十五日　初版第一刷発行

著　者　椿夜にな
発行者　瓜谷綱延
発行所　株式会社　文芸社
〒一六〇-〇〇二二
東京都新宿区新宿一-一〇-一
電話　〇三-五三六九-三〇六〇（代表）
〇三-五三六九-二二九九（販売）
印刷所　図書印刷株式会社
装幀者　三村淳

ISBN978-4-286-22223-3

[文芸社文庫　既刊本]

黒渕晶

アポカリプスの花

一緒に暮らして7年になるのに、葉子は恋人・政博の本心を掴めないでいた。ある日、政博の過去を知る男が現れ、その頃から葉子の日常は違和感に侵食されていく。新感覚のファンタジック・サスペンス。

伊藤英彦

サジュエと魔法の本　上

赤の章

魔導師として名高い祖父を持ちながら、魔法が苦手な少年サジュエ。祖父宅で不思議な赤い本を見つけたことから、その本を狙う何者かに追われることになる。勇気と友情の本格ファンタジー。

伊藤英彦

サジュエと魔法の本　下

青の章

国際魔導師機構は暴走する各国を止めるため、戦場と化す城へ向かうが…。サジュエは魔法の本を守り抜き、邪導師の野望を阻むことができるのか？　サジュエと仲間達の最後の決戦が始まる。

河畑孝夫

瑠璃ノムコウ

無二の親友ルリが失踪した。彼女の姉とともに金沢の街を捜索するうちに、無意識にふたをしていた心の傷と向き合うことに…。第47回泉鏡花記念金沢市民文学賞を受賞した表題作ほか一編を収載。